U0027509

用九柑仔店

1

守護暖心的所在

阮光民

阿公，爲什麼柑仔店要叫用九？

因爲人們生活中的需要，

十項有九項這裡都有。

而且，

這裡賣出的東西都可以用很久。

那　爲什麼不叫用十呢？

因爲凡事不能太滿啊！

目次

第一話 回家 9

第二話 補貨 55

第三話 兩人三腳 101

第四話 在乎的人 143

第五話 用九商店 177

第六話 厝鳥仔 219

〈聊作品〉用九柑仔店，我們的柑仔店 233

〈看作者〉我眼中的漫畫家阮光民 235

〈自畫自說〉記憶中恆星般的故事 237

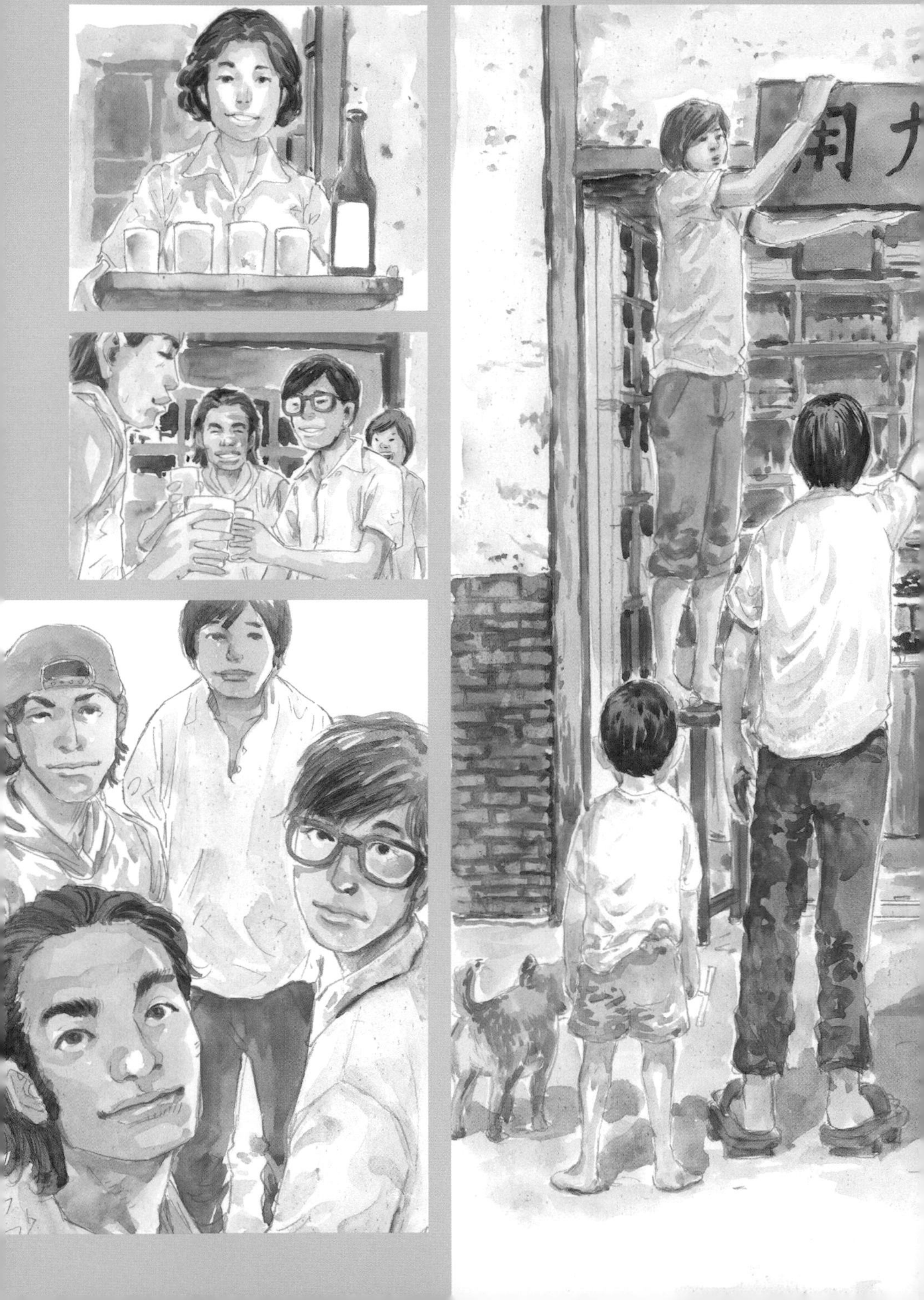

用九商店

第一話。

回家

爲何房子是一磚一瓦的蓋，卻沒見過一磚一瓦的拆？
因爲情感和記憶超黏啊！

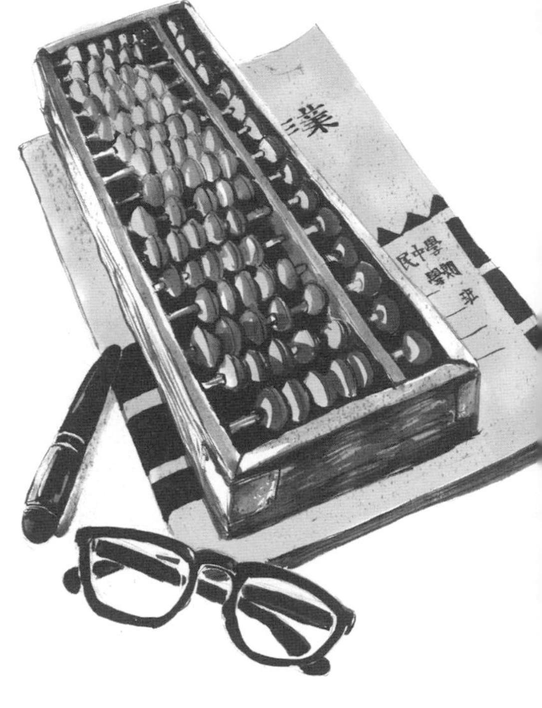

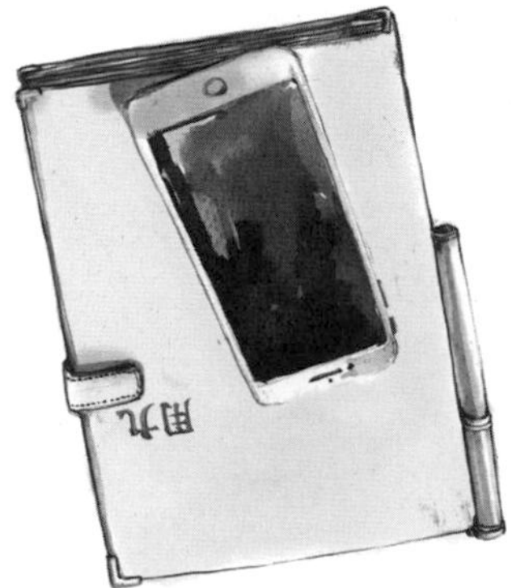

爸，你就同意吧。這房子太老舊了。
如果蓋新大樓，我們可以一起住。

隨你們吧。要拆就拆，要蓋就蓋……

喀！

楊先生，那我們把合約同意書簽一簽。
我會分到一樓店面和五樓其中一戶對吧……

呼！又搞定一戶了。
剩兩戶……

唔！

……

那是老伯的結婚照吧？
牆上有寫字看不清楚……

年輕人要買什麼呀？

哈！是足球巧克力耶！

好懷念喔！幾百年沒吃了。
你在哪買的？

眷村那家雜貨店。

我知道那家，他的兒子也簽了喔。

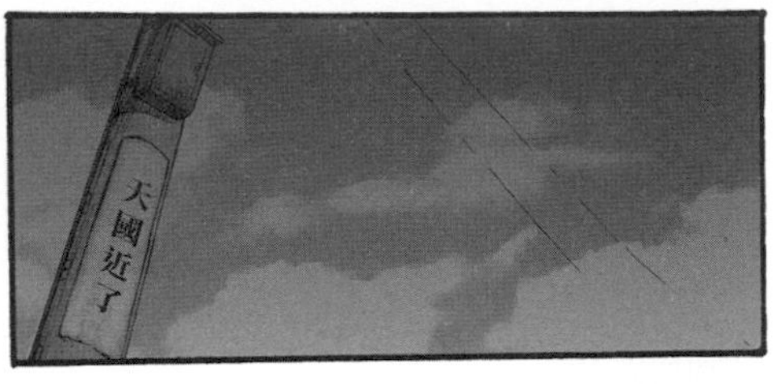
天國近了

楊先生，你的包裹我放在門外喔。
謝謝房東。

俊龍
上次寄的醃蘿蔔
吃完了吧
不講了先吃
有空回來吃飯
阿公

長輩是不是都這樣——
會記得我們喜歡吃什麼，
卻忘記我們有天會改變口味？

台灣啤
CLASS

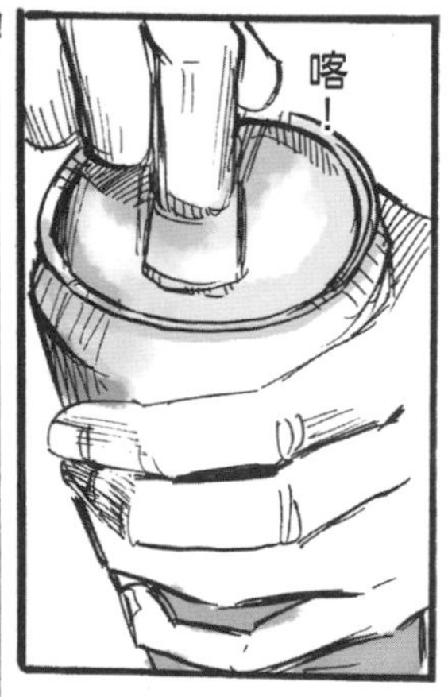
喀！

ASUS

唔！

嘖！老是忘記澆水。

媽妳又動我桌子！
我的卡牌咧？
如果不見了妳要賠我！

你搞不清楚狀況喔！那是我買的，快給我寫功課！

我不清楚我是不是喜歡孤單……

不過，
我討厭持續不了的熱絡關係，
索性不要開始。

店仔

喂——

汪！
汪！汪！
汪！汪！

夏天了，
這條路還是飄著
芒果味，

朝光
好多年沒回來了，
似乎沒什麼變……
金紙香燭

快到了，
前面電線杆
右轉。

彎進去有間老廟，

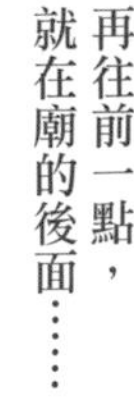
再往前一點，
就在廟的後面……

廟的後面有家柑仔店，
通常會有個老人站在外面。
他是我阿公。

放輕心小
其實從台北回到這
頂多三個多小時，
但我通常用了
三百六十五個日子，
有時會更久……
不過……
大多數的人離開
故鄉後也都這樣吧？
大蒜100.
老薑
滷包

本周日結束營業
所有商品出清
二折

用九商店
小時候爸媽在北部
忙著創業，

所以我就和開柑仔店的
阿公一起住。

好米
免洗米

關掉也好，
現在便利商店那麼多，
遲早會被淘汰的。
天壽喔！

俊龍，幫我
拿包硬殼的
長壽。

廟公，你先
坐我去拿。

你阿公還昏迷喔？

嗯！
醫生說七十二小時是關鍵……
這樣啊。

遇到「九」真的多災厄啊——
商九用
明年輪我遇到九了。

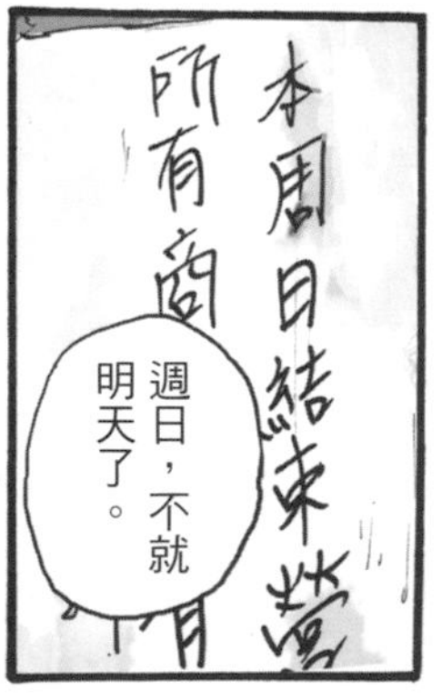
本周日結束營
所有商
週日，不就明天了。

我只請兩天假。

我想把阿公轉到台北的醫院。
柑仔店我打算賣掉，就算阿公醒了也沒體力經營了。

哎呀！俊龍，不然你回來當老闆啦。
唔？
不然我們也沒地方去，超過一百公尺要走三小時。
莫唬爛啦。
你看冰櫃，知道你要關店一直在哭。
滴～
滴～
唉！想當年它是從市區坐我的鐵牛車來的，
那時候我頭毛很茂盛……
你都不會捨不得嗎？
用九商店
關掉這間看著你長大的柑仔店。
我說俊龍啊——

別碎碎念啦！人家俊龍有他自己的人生要打算。
東西買一買走了啦！
啊！我忘記帶錢——
俊龍，先記在牆壁上，我傍晚來結！
行較慢咧，等我啦。
……
喀！
我也捨不得……
9
8

阿勝 酒x3 190
只不過……

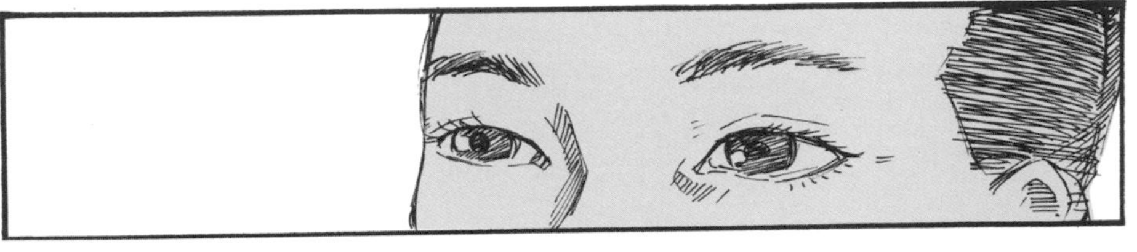

還在生氣喔——他們因為工廠趕出貨，又不是故意忘記的。
而且也趕著回來啦。
雨那麼大，進來等啦。

阿忠要不要喝汽水？

要！大杯一點！

一定是雨太大塞車。
阿公陪你在這等——
鈴！鈴！鈴！
一定是你爸打來的！
台灣省菸酒公賣局
菸酒
零售商
40406

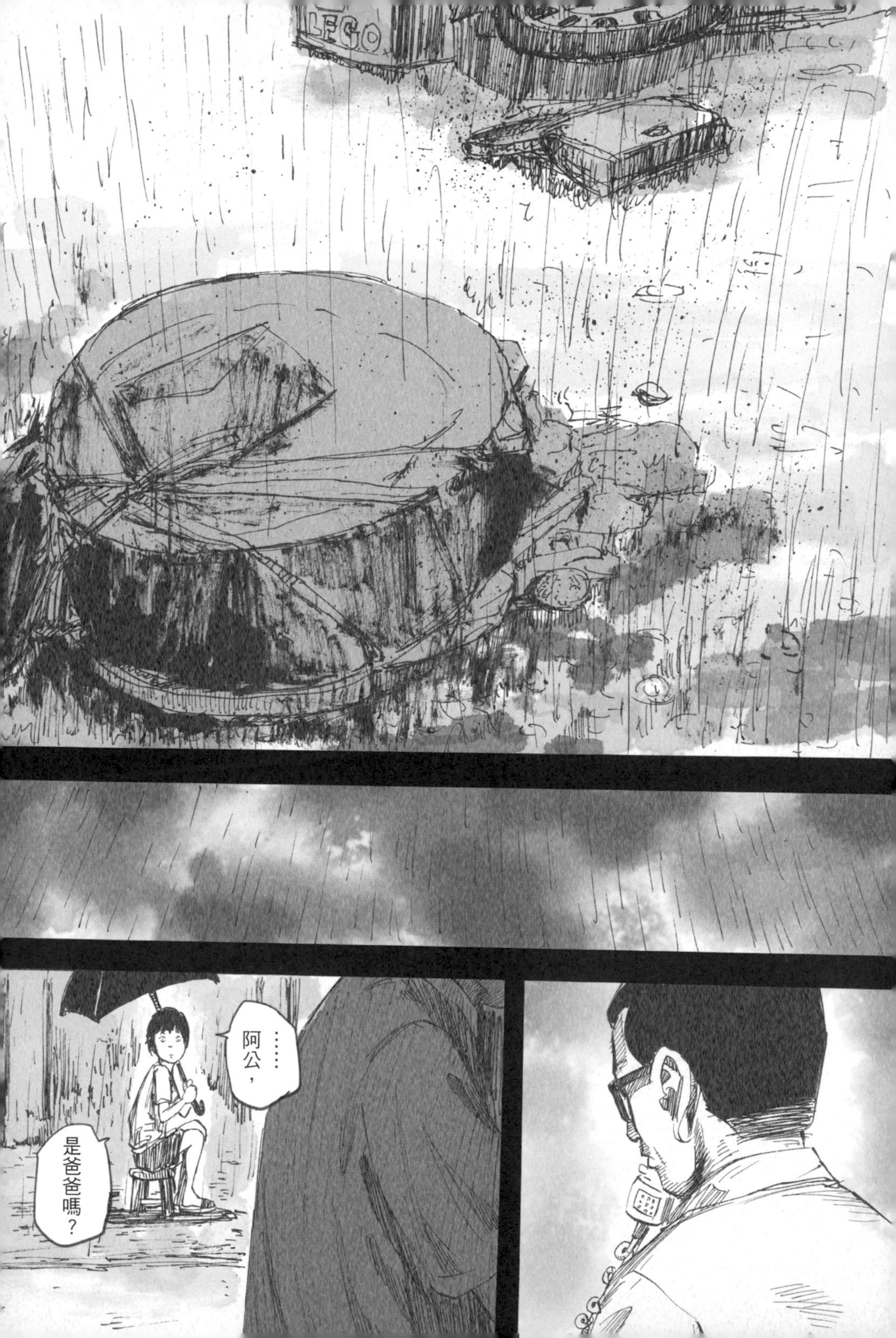
LEGO
……阿公，
是爸爸嗎？

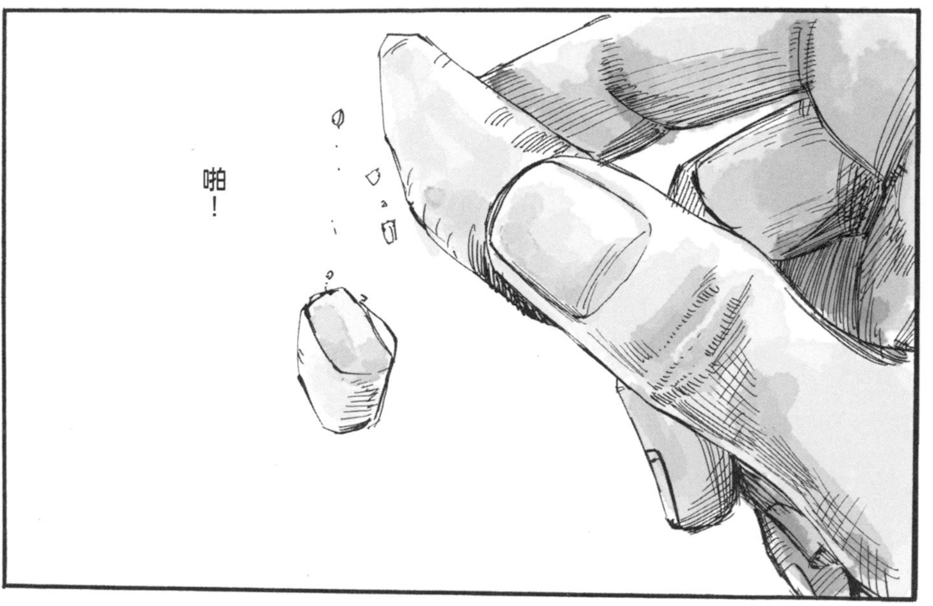
啪！

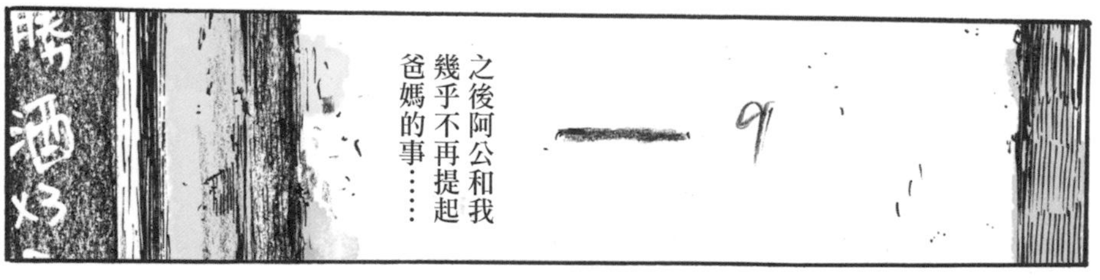
之後阿公和我幾乎不再提起爸媽的事……

國中畢業，
我考上北部高中夜間部，
離開了家鄉，
開始半工半讀。

臺灣省
菸酒公賣局
菸酒
零售商
404 6

水電維修
0917518071

我建議暫時不要移動病人。
沒嚴重外傷，但仍有慢性硬腦膜下腔出血的疑慮，需觀察……

我約了其他腦科醫生一同討論，你放心，我會盡力的。

那個，私下問：
進德伯的店還會繼續經營嗎？
呃！

……
不會了。

這樣啊。好可惜……
那裡有好多童年回憶呢……

鈴！鈴！

經理
嘖！煩！

總經理，
已經談定，下週三可以簽好。好！是！

……
嗶！嗶！

帥哥！要搭順風車嗎？
鳳玉……
SYM

嘎！
嘎！
這頂安全帽是我哥的小孩的。
有點小，將就點。
喔——阿忠有小孩囉……
是啊！兩金哥說有通知你參加婚禮。你就不來……
你不回來，是因為怕尷尬嗎？
……
要不乾脆，到我家吃晚餐敘舊？
不了，要忙工作。
喔——

幸福

你小時候都把線綁在金龜子的後腿，

唔？

讓牠繞著你飛像寵物一樣。
嘿嘿！要不要喝一杯？

廟公你都晚睡喔？
用九商店

算吧，晚上都過來和你阿公喝一杯聊聊天。
都十一點了耶，
這麼晚還有人會來買東西嗎？
很少，
有時連個鬼影都沒有。
唔！那為何？
有些存在，其實是給人心安的。
路燈不會因為沒有人就熄燈。
九商店
總會有晚歸的人，

如果看到店裡的燈還亮著，心裡多少會感到溫暖吧。

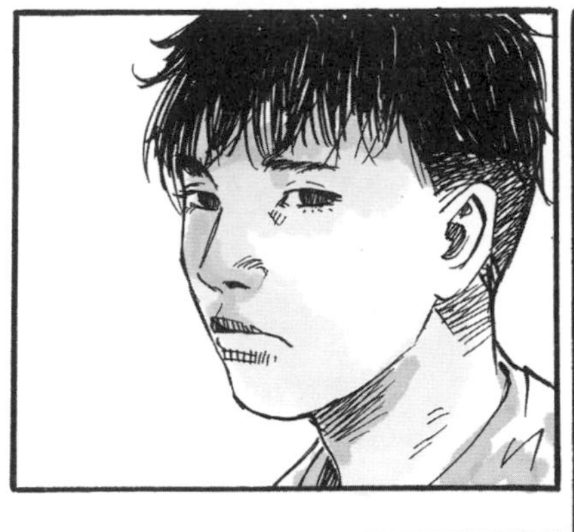

我把店關掉是不是不妥啊？

大家是捨不得啦——雖然這裡騎出去五分鐘就有便利商店，
不過那種感覺就是不一樣。

不過就是買東西，哪來那麼多內心戲？

你離開這太久，變成台北俗了啦。

便利商店二十四小時確實讓人便利，
但是柑仔店，是可以給人方便。

有些人手頭緊，可以賒帳記牆壁，
有些羅漢腳，孤單的人，
可以在這找到人聊天。
有些小孩放學後可以在這等晚歸的父母，
有些做臨時工的在這公佈欄找到工作，
有些想知道或不小心透露的事情
都在這得到分享，
有些只是稍作歇息的小販就做起了生意……
這家柑仔店，就跟這樣多的人，
這麼多的生活產生了關係。

用九商店

你每天來看也不會開了啦！
阿公別生氣，小心二度中風。
……

嘰！

總經理，剩下的兩戶都簽定了。
經理辦公室
很好，去發包吧。
另外，新竹那邊你下午也去評估一下。
總經理……
新建屋市場已經飽和到一個程度了，
未來這類的老屋新建案會更多……

禁止停車

斗六

我離職了。同事都說我要白癡……
可能吧……

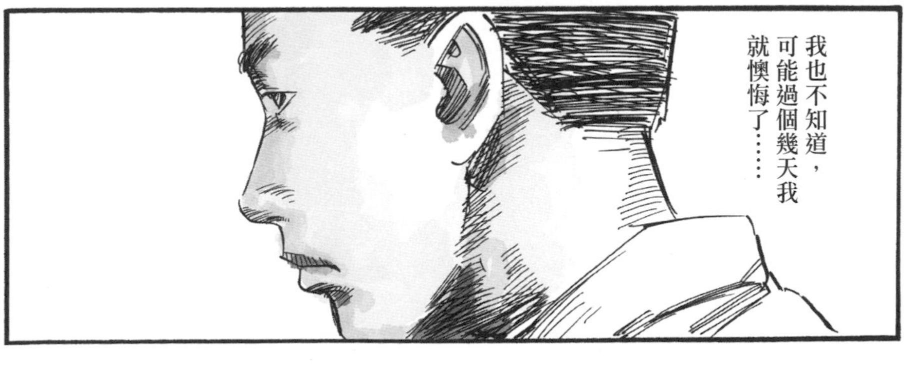
我也不知道，可能過個幾天我就懊悔了……

那天晚上和
廟公聊完，
我去阿公的房間
打算收拾東西。

雜物多到不行，都是
瑣碎的東西，
瑣碎的記憶。
遺忘的……
不願想起的……
我不知道從哪著手，
它們像是房子的一部分。

我可能一移動房子，
就會這邊掉，那邊垮。

我突然想起眷村
老伯楞著看牆壁
的背影……
房子就像儲存
記憶的硬碟，
不小心壞掉或格式化
就什麼都沒了。
如果房子賣掉或
店頂讓給別人，
就毀了阿公的回憶，
還有些我的，
當然，
有些是里民的，
有些是流浪動物
的……
獎狀
21
22
23
24
28
29
30
31
9
8
7
6
5

總之，我想讓燈先亮著吧。
公用電話

第二話。

補貨

買東西是很自由的，所以賣東西的人就要很頂真的選。

俊龍啊，
黑豆醬油
沒了喔？
味精好像
也沒有了。

呃？
你沒去
補貨啊。

對耶，之前拍賣
東西幾乎都沒了。

你今天會
去補嗎？
會！

看缺什麼補一補，
我下午再過來。
不好意思。

唉！
沒想到雜貨店的工作這麼瑣碎。
下這決定好像太衝動了——
嘎！
哈哈！
俊龍！你真的回來開店囉！
我以為鳳玉唬爛耶！

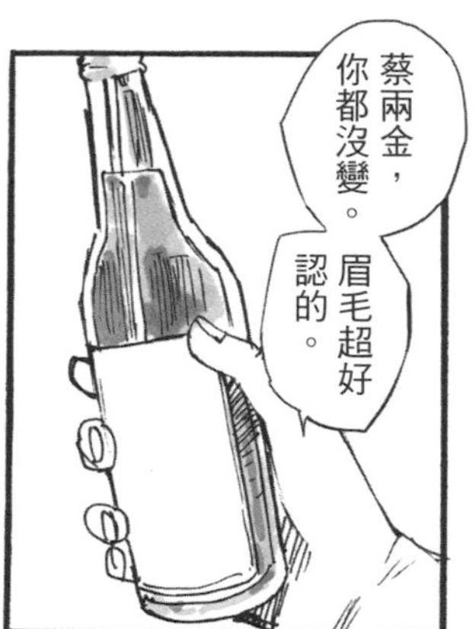
蔡兩金，你都沒變。眉毛超好認的。

以前看你常做模型，現在做室內設計囉。
室內裝潢・水電
蔡亮君(兩金)
0917-518071
就裝潢而已啦，設計師是把妹時才用的。

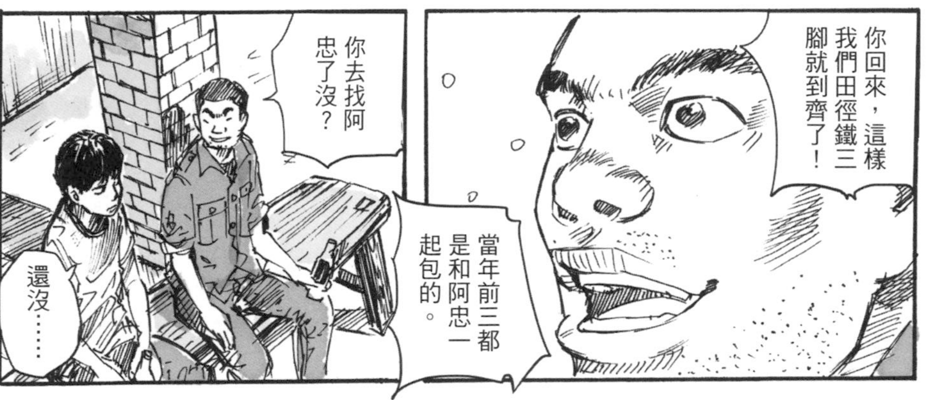
你回來，這樣我們田徑鐵三腳就到齊了！
當年前三都是和阿忠一起包的。
你去找阿忠了沒？
還沒……

你失蹤很久耶！我丟臉書跟你說阿忠要結婚，你也不回。

咕嚕～

那時我在當兵啊。

屁啦！當空軍超好請假的啊。
你是不爽阿芬嫁給阿忠吧！
哪是啦！煩耶！
他們結婚我也嚇一跳，不過感情就像田徑，你棄賽就別怪別人贏。
啊！阿比沒了喔！
別碎碎唸啦！
檳榔也沒了！
同學你這樣不行啦！
你阿公每天攏嘛整組的幫我準備好，
缺東西就要去補啊。
……
你再碎唸我就請你吃拳頭！
好啊！加點甜辣醬——
菸酒
臺灣省菸酒公賣局
零售
406

我要去工地了啦。

下禮拜六找同學來聚聚！
先來走！

一輪五十兩輪一百囉。
騎慢點！

嘖！跟以前一樣，老愛說老梗笑話！

煩！
到底缺哪些呀？

……

都在這裡。
4月清

英語作業

印象中，每天晚上十點左右，阿公就會坐在桌前，點根菸，記錄一天的買賣。

請問還有桶裝沙拉油嗎？我要兩桶。

應該有，我找找——

咦？價格寫在哪？
量販店賣七百四，這裡賣六百八。

唔！好厲害！
這是你該知道的吧。

用九商店
你當老闆，記住價格應該是最基本的。
這紅髮女說的沒錯，但語氣好差。
她也太強了。明明就很重……

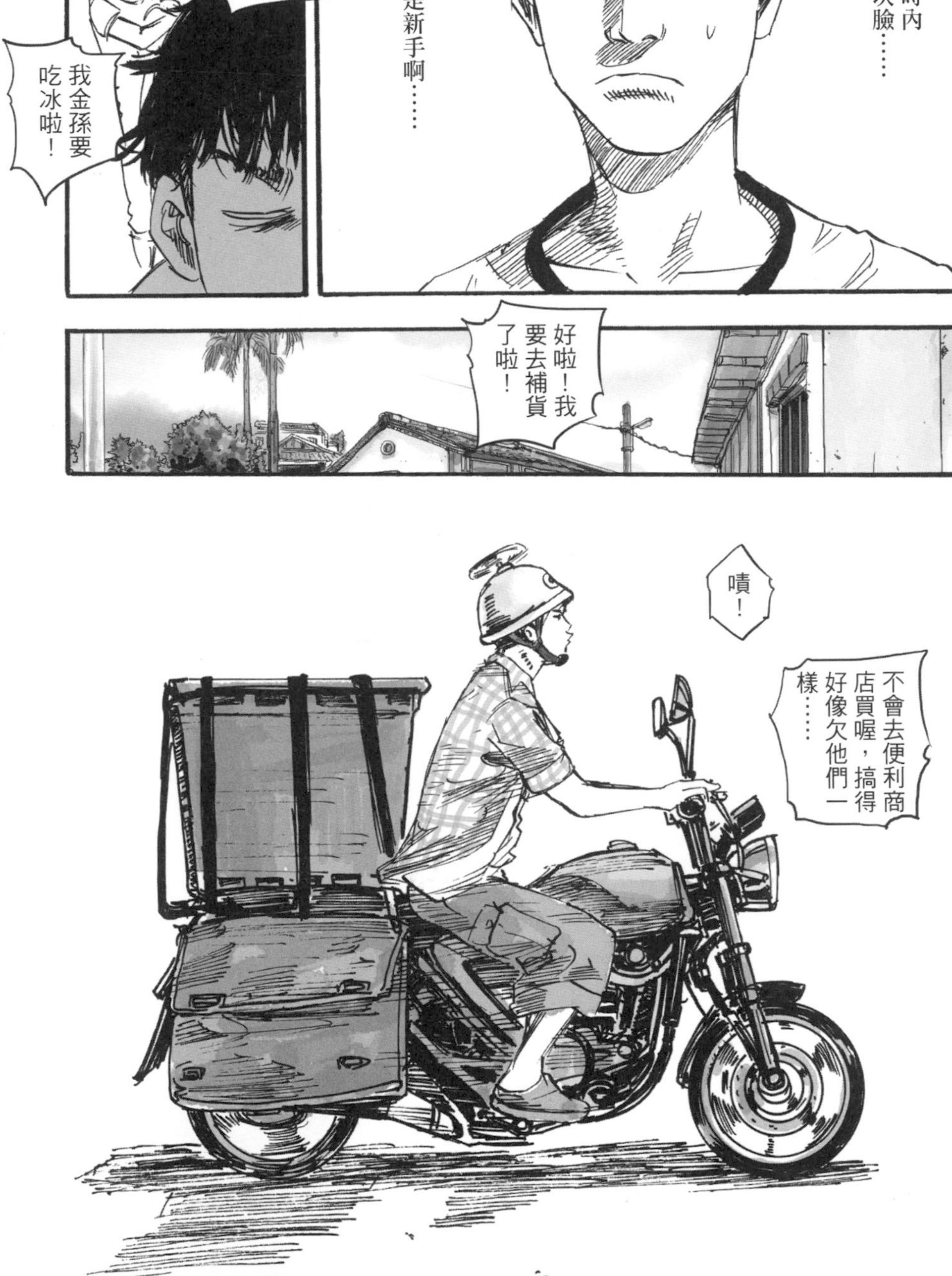
嘖！半個小時內就被洗了三次臉……
體諒一下我是新手啊……
喂！連枝仔冰也沒有！
我金孫要吃冰啦！
好啦！我要去補貨了啦！
嘖！
不會去便利商店買喔，搞得好像欠他們一樣……

唔？
婕婆您要去哪？
我要去豆油伯那裡買醬油啊——
很遠耶，您剛不是說等我補貨。
我怕下午會來不及啊，焢肉要時間。
我兒子突然說晚上全家要回來吃飯，我得早點準備啊。
也不早一天說，有夠折騰人的。
喀！
您回去等吧。我十一點前就會回來。
真的喔，謝謝你，
麻煩你了。
您回去路上小心喔。

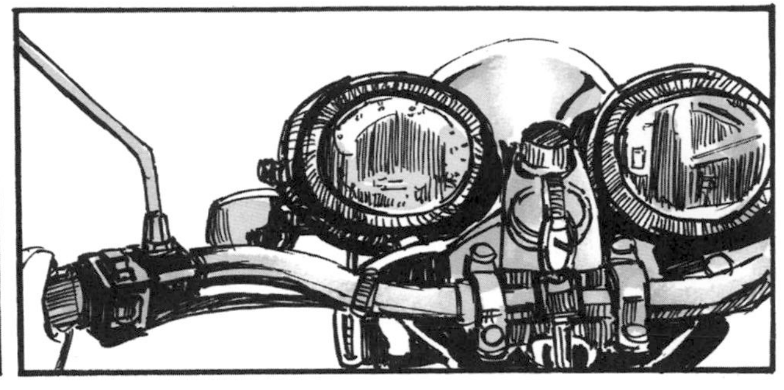

姨婆說折騰，
卻是笑笑的……
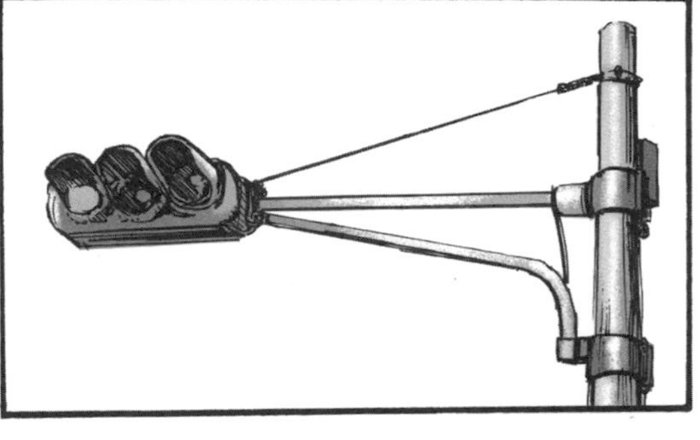
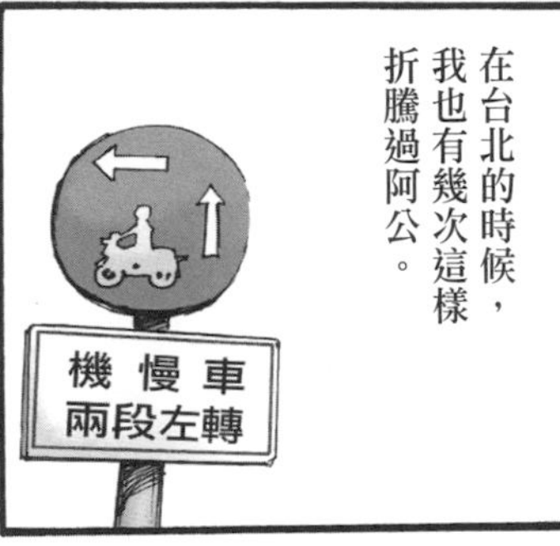
在台北的時候，
我也有幾次這樣
折騰過阿公。
機慢車
兩段左轉

不過，
我經常折騰後，
就臨時改變主意
沒回來……
檳
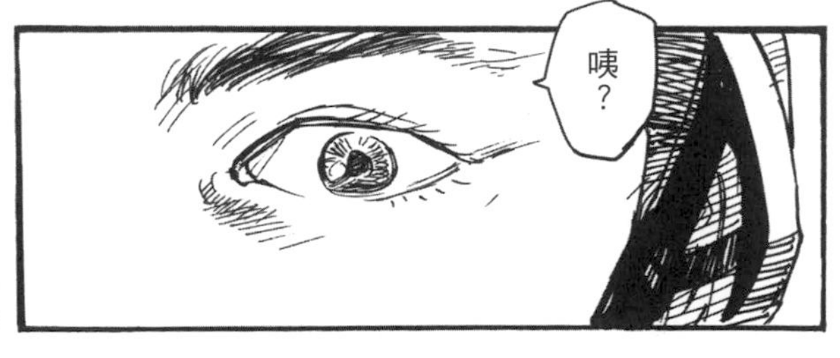
咦？

有些路都改了，你應該很難找。所以想說來幫忙比較快。
關於吃的，鳳玉妳來負責。
生活用品我來去買。

不用麻煩，我去大賣場一次買齊就好了。

飲料那些可以啦，可是有些功夫是賣場買不到的。

總之醬料那些就交給你。
喔！
追夢人

黛玉檳榔

有他們幫忙也好，
不用跑那麼多趟。
停

印象中好像在附近……

嗅！嗅！

聞到醬油味了。

我是俊龍！

你不說名字，我都認不出來了。

哈哈！以前你阿公帶你來時你才這麼高——
現在長這麼高了。

其實我剛才有楞一下。

這裡跟我小時候的記憶一樣都沒變。

我花半年功夫做好的味道，
你用幾分鐘就要拿走，我會捨不得耶——
再說，你騎回店裡不用十分鐘。

豆跟鹽要拌均勻喔——
我小時候好像有拌過。
你根本是來亂世間的，我很怕你亂加東西。
哈哈！抱歉！
你阿公乾脆跟我拿一組斡和甕讓你去玩。
他真的很寵你啊，只要不是壞的，都任由你去。

他說，小孩都是這樣。
總有一天你不想打開蓋子都不行。
會在身邊也就那幾年，能疼就多疼一點……

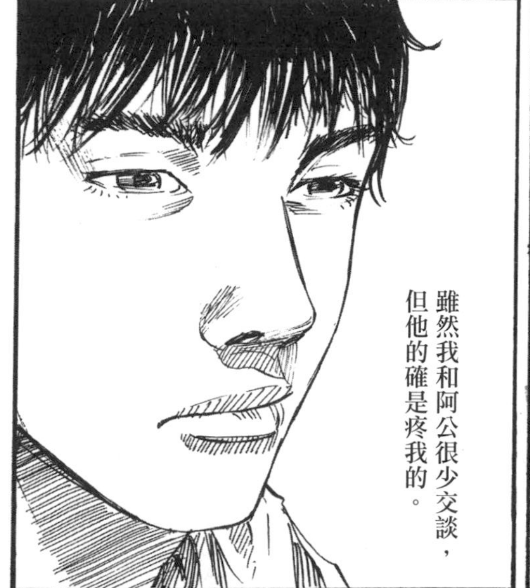

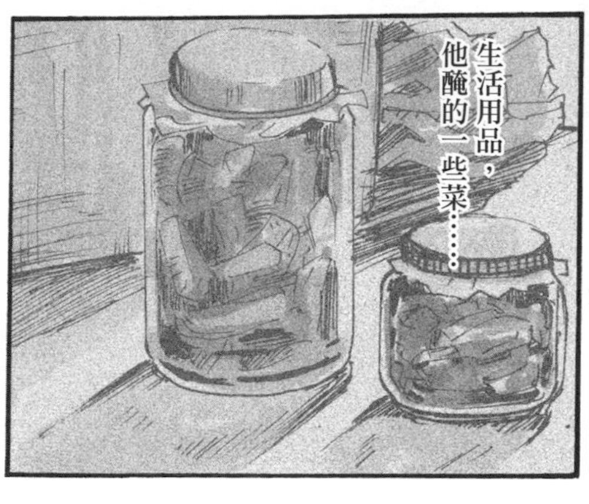

可是，

我就是個做醬油的啊。

人不都這樣：做醫生的就做醫生，做老師的就做老師，

做田的就一直做田……

都會厭煩吧？可是也因為有厭煩，才更清楚自己為何要繼續。

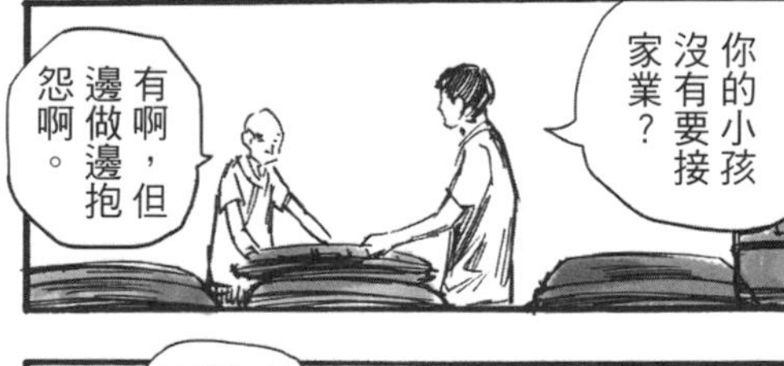

我記得這個灶，我在這烤過甘蔗。
現在還是用木柴煮醬油嗎？
是啊，柴火比較溫和而且有木頭香。
牆邊那些是黑豆。
我都跟阿坤打契作，品質好顧。
黑豆跟豆粕不一樣嗎？
有聽沒有懂！
黑豆會先浸泡四個小時再下鍋蒸煮。
不過也有人直接買豆粕，省去蒸煮跟做麴的工序。
當然不一樣。黑豆變豆粕前還有工法。
蒸煮主要是讓蛋白質變性，菌體酵素分解。
※契作：契約耕作

熟到可以輕鬆嚼碎就攤開冷卻，準備入麴。
發麴的時間三到五天不等。

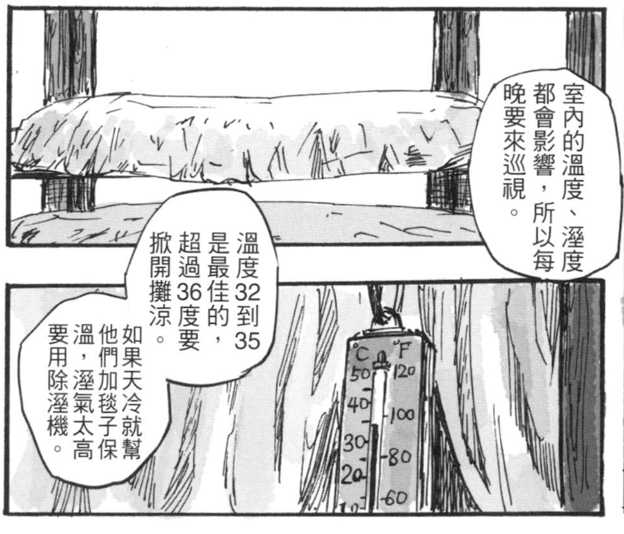
室內的溫度、溼度都會影響，所以每晚要來巡視。
溫度32到35是最佳的，超過36度要掀開攤涼。
如果天冷就幫他們加毯子保溫，溼氣太高要用除溼機。
C
F
50
40
30
20
120
100
80
60

這跟照顧小孩沒啥兩樣。麴菌發得好才有好原料。
看到豆子表面覆蓋黃綠色，表示菌絲已經入黑豆瓣，就可出麴。

光聽到這邊，就覺得有夠麻煩的。
後面還有更花工夫的。

麴菌入豆瓣後要把表面的麴洗掉，
不然釀出來會有霉味跟苦味。
不管水洗了幾次，最後一次用熟水洗，才不會腐敗。

也有人用鹽水清洗。但是現在都用洗滌機了，
不然都洗到駝背了。
這些缸都用熟水洗過晒乾了喔。

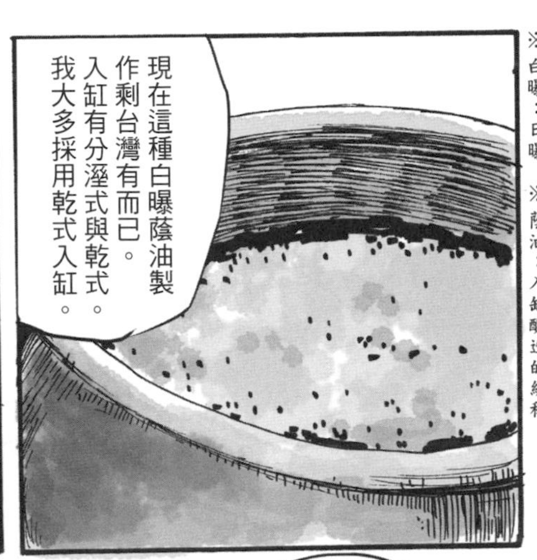

※白曝：日曝　※蔭油：入缸釀造的統稱

發酵完成後第一次過濾叫頭抽。濾出的醬汁稱為生油，味道最好。
頭抽後的黑豆粕可做成豆豉，或加鹽水再來煮，過濾取汁。
我們一般食用的就是這種二抽蔭油。

油露加上糯米汁就變油膏。也有些師傅會加上甘草、焦糖等調味。
最後裝瓶用打栓機押上瓶蓋。
古法
釀造
(油)
甘味
壺底
油露

傳統醬油真的很厚工啊。

所以現在的年輕人都不太願意做這個了。
主要是要有耐性等待啦。
之前是有家公司找我，說要用機器做。不但壓縮時間，品質又好。
我聽他在嘐潲——
明明要懷胎十月的，三個月能長得多好？

來，這缸給你上蓋。
半年後你來打開它，
當我送你回來開店的禮物。
要等待半年才能拿到的禮物……
俊龍，我的不用等。這是黑豆渣醃漬的肉。回去燉跟炒，不用加調味料就很好吃喔！
謝謝嬸婆～
他們揮手道別直到我轉出巷口……
事實上鄉下很多人根本沒有親屬關係，但就是一堆嬸婆、舅公、姨婆、叔公……

或許是想藉由
稱謂拉近彼此
距離吧。
可是有時他們
所表現的熟稔
大過於嘴上的
稱謂。

唔！
蔥油

神力女超人
是賣蔥油餅
的喔～

蔥油餅

請我吃嗎？
是啊！謝謝幫忙。

這樣才對嘛。柑仔店就是要什麼都有啊！

啊！你又偷喝酒！
喝一點不會死啦。

補完貨有種滿足感，像夏天吃冰在嘴裡化開一樣。

廟公，

我大概了解所謂大賣場沒有賣的工夫了。
嗯——有慧根。

日後你會有機會再去感受的。
北天宮
製香的、拉麵線的、做米粉的、編掃帚的……
別小看這間柑仔店喔!它可是匯集很多工夫的地方。

你這樣一說就覺得很厲害。
是非常厲害。

你早上被客人抱怨你該高興。
表示他們把某些安心寄託在這裡。
用九商店
嗯!

嘶呼!
北天宮

從某個角度來看，
它就像這間廟一樣。

沒想到陸地上的潮汐變化也很大啊……
滴！
哈！阿慶你下課了。
阿嫂！
姑姑！

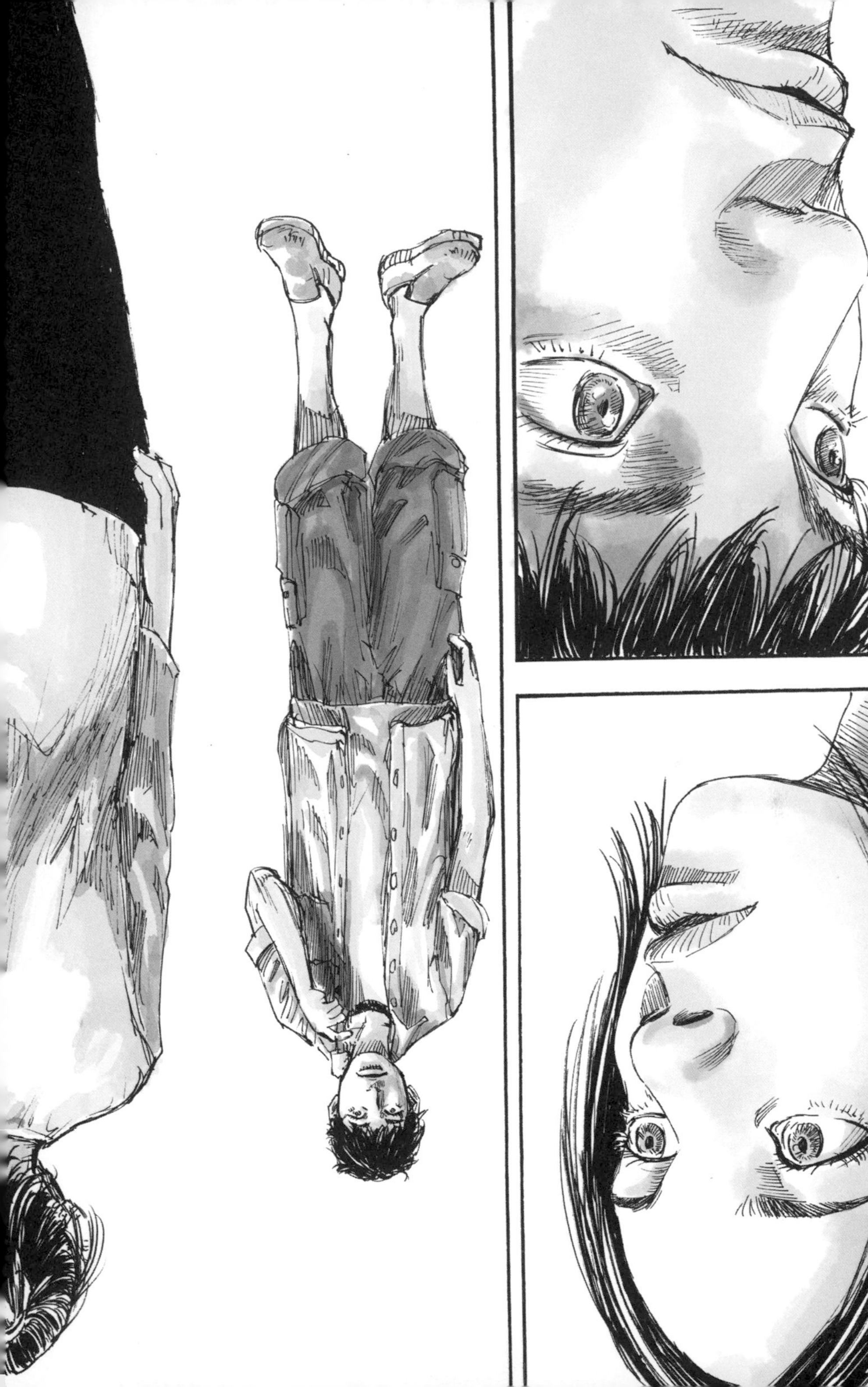

大鼻芬，呼吸小力一點！
不然氧氣會被妳吸光喔！
哈哈哈！阿忠你超賤的！
喔！她火了！
矮子龍！短腿忠！
你們給我站住！
阿龍騎快點！她追上來了！
大鼻芬！
呼～
呼～
呼～
可惡……
大鼻芬，三八又恰沒人愛！
大鼻芬，三八又恰沒人愛！
沒人愛！

其實，
我喜歡她。
阿忠也是吧。
小學就是這麼幼稚，
總愛作弄對方。

鄭淑芬

小學三年級她轉
學來班上，坐在
我旁邊。

那時爸媽過世，
我悶悶的不愛說話……

但是她常趁老師寫黑板時
搞笑給我看。

山豬

三年丙班

因為突然大笑一起
罰站。

漸漸的，我好像沒
那麼難過了。

有次罰站我問她
為何老是扮醜搞笑。

她說，她常常轉學，
所以先搞笑
同學就會比較喜歡她。

妳幹嘛老是搞笑害我罰站。
因為你的臉很可憐啊，跟我三年級一樣。
咦？妳現在就三年級啊。
這是我第三次三年級了。
我跟阿媽常搬家。
啊！
你看！
那朵雲好像便便喔——
天使的大便！
哈哈哈！
罰站還在笑！
罰你們站到下課！
我們是罰站的好朋友。

國中時，我被編到和他們不同的班級，我感覺好像被拋棄。
不過她一下課就跑來找我，有時三個一起去福利社。
有時沒零用錢，我會從店裡偷拿零食請他們。
阿忠的確是我摯友，
不過當他和阿芬互動太密切，我心裡就會酸酸刺刺的。
零食都有期限吧。
國三暑假，很多都變質了。

矮子龍！你在發什麼呆啊？
被我沉魚落雁的美色迷惑喔——
缺氧啦！大鼻芬！
留點氧氣給眾生好不好——

小慶，叫阿伯！
阿伯。

叫叔叔啦，我小妳兩歲耶。
小孩的鼻子怎麼像妳啊，唉！

唉什麼唉！欠揍啊！
別動手，會出人命！

熟識過，所以很快打成一片。
也因為熟識過，所以感覺有距離。

味噌兩包二十。
味噌
汽水我請，夠意思吧！
那我要換大瓶的。

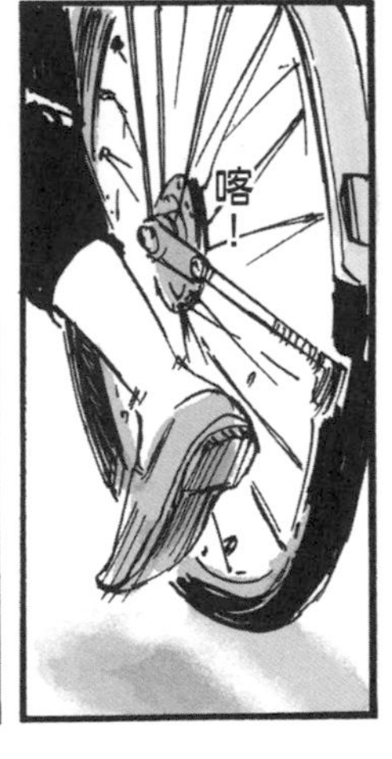
喀！

噎！有空來我家吃飯。
我煮飯無敵好吃的喔！

小慶快開汽水給我喝！

才不要，每次妳都跟爸爸說是我喝的。

哎喲！我載你很累耶！快啦！

……

俊龍哥我去上班。
好，路上小心。

九商店
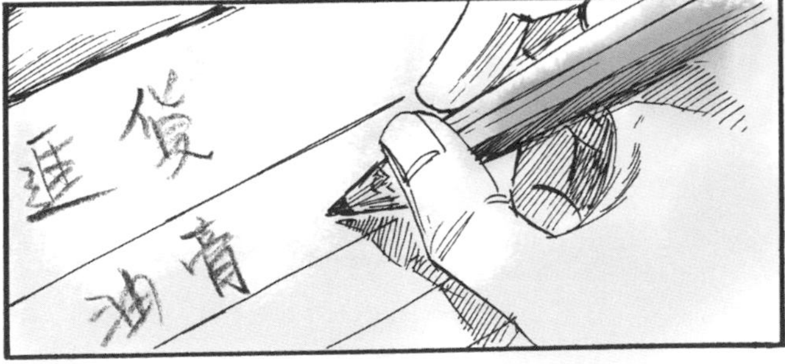
進貨

或許到了一個年紀，
阿公補貨是為了有個
理由去探探老友。

現在的我比較像是去拼
湊原本遺忘的片段。

4月清
補寫過去的日記。
俊龍。
唔？

吃飽沒？我拿些焢肉來給你。

謝謝……

阿媽我可以買果汁嗎？
好啊！

阿滿帶孫子買東西喔。
嘿啊。

吼！這是焢肉對吧！有夠香！
我煮很多，拿些來給俊龍！

廟公要不要一起吃，順便喝一杯？
早準備好了！

姨婆謝謝您！
不會啦。
晚安喔。

嗯——晚安。
用九商店

第三話。

兩人三腳

意外，是一連串未曾預料到的一切正好。

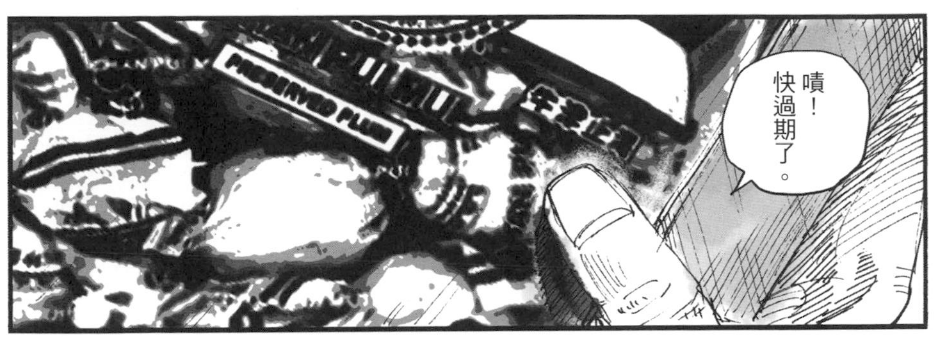
嘖！
快過期了。
PRESERVED PLUM

這些古早零
食不好銷。
便利商店有
太多色彩繽
紛的選擇了。

可以採購些新奇的，
或設法弄些新噱頭來
推銷古早零食……

※麻：英文BAR的閩南語講法

他是位小有名氣的拳腳師傅，略懂製藥。
時常到各地表演，我還記得他徒手握燒得火紅的鐵鍊。
他有三位女助理，貌美如花，都變成老婆。
後來聽說他中風，
風太大，
把花都吹走了。

據說他喝過的酒瓶
可以蓋棟一◎一。
店裡這些老電動機台
成為他做復健，發洩
精力的輔助器具了！

但是這些機台
太佔空間了……
丟也不是
不丟也不是。

鏳！
鏳！
喔喔喔
喔喔！
啊哈哈哈！
中了！中了！
中三百
耶！
真怪——
花六百贏三百
有什麼好嗨的？

啊！
快反擊！

大鼻芬的小孩今天提早下課嗎？
五點半，也該來接了吧。

你們功課寫完沒？一直玩手機。
家庭作業就是要回家才寫呀。

唔！
果真是大鼻芬生的，總能掰出歪掉的道理。

早點寫完不是可以放心玩嗎？這有書桌。
以前叔叔用的喔！

這太矮了啦！而且好舊喔！
唔！以前你爸、你媽、你姑姑都用過耶！
唔！好吧，還有個摺疊書桌。

好吧，反正
手機也快沒
電了。
啊啊啊這小鬼
完全遺傳他們
的劣根性啊……

看阿芬的小孩坐在以前她坐的位置上
寫功課，感覺是奇妙的。
倘若
我當時沒選擇離開的話……

不過有時候做出選擇是被動的
被一個舉動所引發，接著感覺開始複雜。
啊！作業簿用完了！
等一下，我拿一本給你。
可是我沒錢耶！
等你媽來我再跟她算。
呼！
呼！

阿公！我飯煮好了！
抱歉！肚子很餓了吧？
怎麼煮那麼久！我快餓死了！
抱歉，因為瓦斯用完了。
這種事平常就要注意啊！還要我教嘛！
推快點！笨手笨腳跟豬一樣！
是！是！
個性一樣火爆，怪不得廟公說看護常跑掉……
喏！作業簿。
國語作業簿
喔！
臭小子，要說謝謝啊。

要說謝謝，用雙手拿啊。
忠

阿爸——
叔叔，
作業簿的錢。

坐好了！
出發吧！

掰掰！

要跟大家
說再見啊。

呃！
再，
再見。

我在楞什麼？
居然一句話也
擠不出來……

臺灣省菸酒公賣局
菸酒
零售商
40406
這樣喔，

台灣啤酒
TAIWAN BEER
阿忠有對你點頭微笑。那不就好了。

這表示你們以前的三角戀只有你還在覺得疙瘩。

也許吧，
他們都過了，我還停在當時的情緒。
對阿忠愧疚又對他們眼紅……
哈！說好聽點你是心思細膩，換個說法就是小心眼。
靠！

啊，你褲管沾好多「恰查某」。

※恰查某：鬼針草

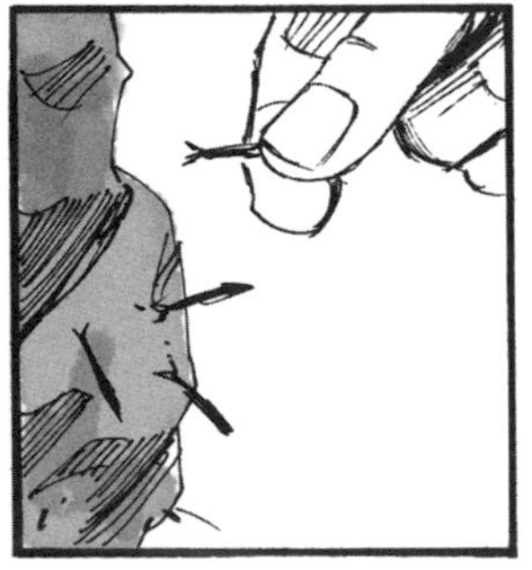
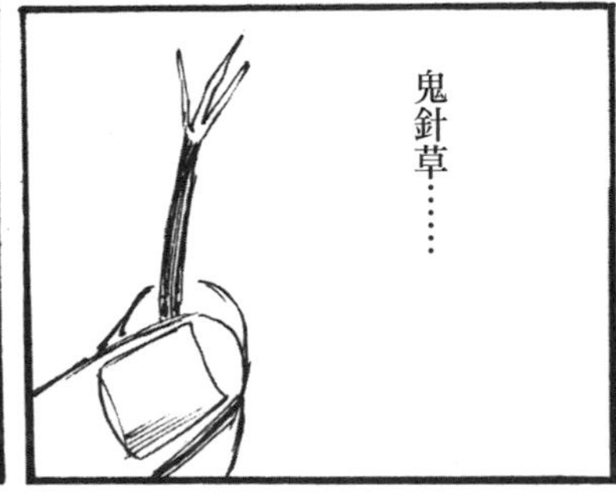
鬼針草……
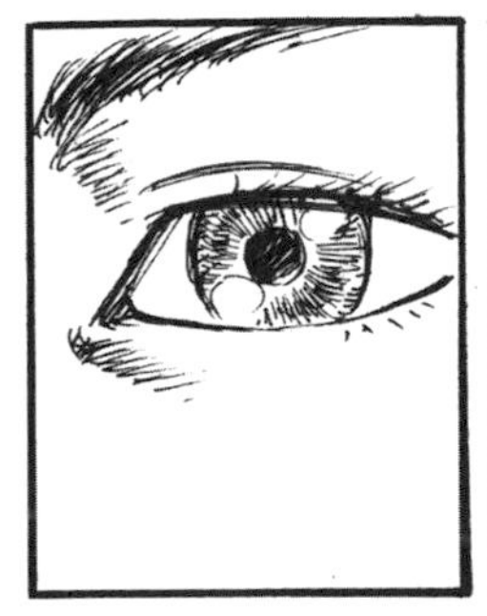

我個性就像這鬼針草吧——
有些只是無意的經過，我就扎得
別人的褲管都是。

對了，你不是還有事要問我？
唔！差點忘了。

兩金，我問你喔……

我想把柑仔店擴大或往上蓋行不行啊？
用九商店
咦？
是可以啦。

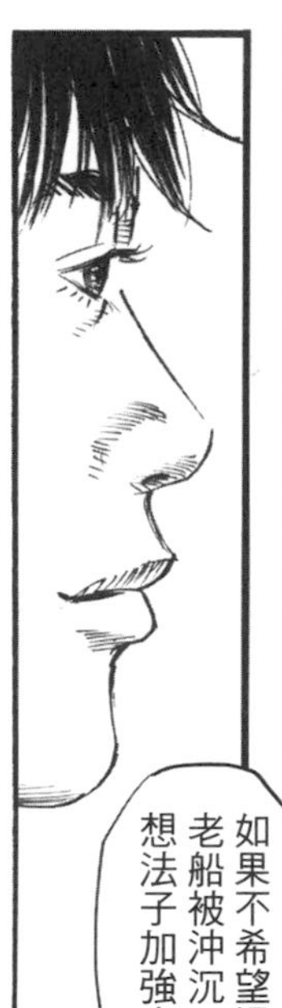

啊你擴建出空間後，有想做什麼嗎？
老實說，還沒想。
我哩咧！

那天補完貨，
我在思考阿公為何和這些師傅一配合就幾十年。

除了情感連結，最主要的是，充分的相互信賴。
買東西是很自由的，所以賣東西的人就要更認真挑吧。
阿公信任師傅，來店裡買東西的人信任阿公。

信賴，是人跟人之間變熟悉，最單純的原因。
用九商店
我擴店主要是想讓這種信賴延續，並且擴大。

如果不如你的預期，是否就又離開了？

我看過有些人，大多是在外受了挫就回鄉。一開始總是志氣滿滿，

回收區
但，在這受挫後又離開。
不覺得很可笑嗎？

……

她說話直白又很嗆吼——

你認識她？
住我家隔壁啊，大我們五歲吧。
整天臭臉，我都叫她臭臉維納斯。

我哥跟她同屆的啊，不過她常翹課。
那不就跟你一樣。

靠北，我翹課是為了測試老師有沒有點名好嗎。

她翹課應該是同學排擠她吧。
人太美是原因之一。
聽我媽說，她是偷生的。
她媽被外國人欺騙感情跑了，
所以就超賭爛她的。
後來媽媽改嫁到中壢
生了兩個弟弟。

繼父擺爛，
她國中畢業，她媽就
拗她去賺錢養弟弟啊。
這就是她「臭臉維納斯」稱號的由來了。
果然鄉土劇演的，都是有可能發生的……

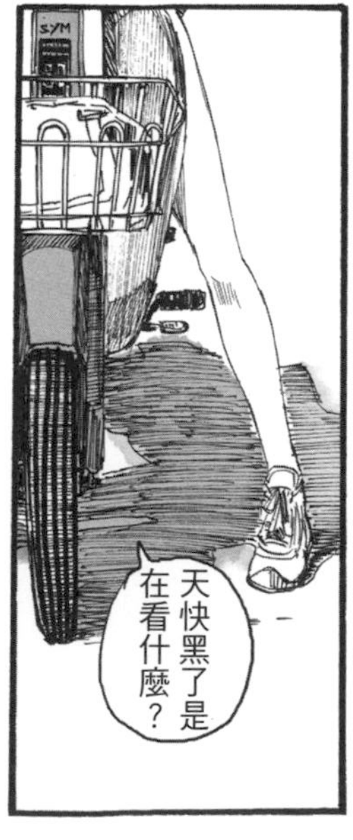
天快黑了是在看什麼？

鳳玉，你今天不用上班喔？

排休呀。

啊你怎麼不早說——
晚上要不要看電影？
不要，我明天早班耶。

再說，俊龍也要一起去喔——
真的嗎？好啊！

……

那我晚上去找阿忠，很久沒去了。
不是昨晚才去！
啊已經超過十二小時了呢——

用九商店

廟公！有勞您坐鎮了！
冰箱的飲料和酒隨你暢飲！
泡麵、罐頭隨你吃！都算我兩金的！

兩金在此
拜謝廟公！

我還沒死，
別這樣拜啦。

忠勝機車行
你十五年沒來了吧？

阿忠重新裝潢過了。
不過有些工具還是以前的。

這是阿芬買給他的寶座——

方便阿忠工作時移動。

這個別墅是我兩金設計師來裝潢的喔！
有沒有好棒棒！
你提個蛋糕幹嘛？誰生日？
哎喲——不是啦。

真的很羨慕阿忠，成了家，業也立了。
少條腿卻跑得比我快……

嘿，穿得好漂喔！
你在追鳳玉吼。

你們來啦！快煮好囉，再等一下。

cake
好，我有買舒芙蕾喔。

啊！那麼明顯嗎？
連蕭煌奇都看得出來啊——

唉！可惜她不知道啊！
約了好幾百次都約不出去，只好我來囉。

女人沒那麼笨啦，她知道。
敢按呢？

既然清楚我在追求了——
那……她不喜歡我吧……

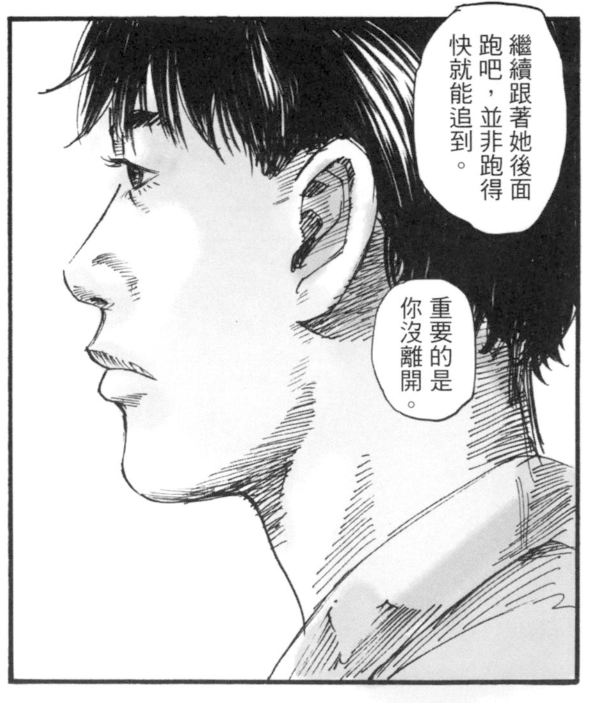
繼續跟著她後面跑吧，並非跑得快就能追到。
重要的是你沒離開。

敢真正按呢～

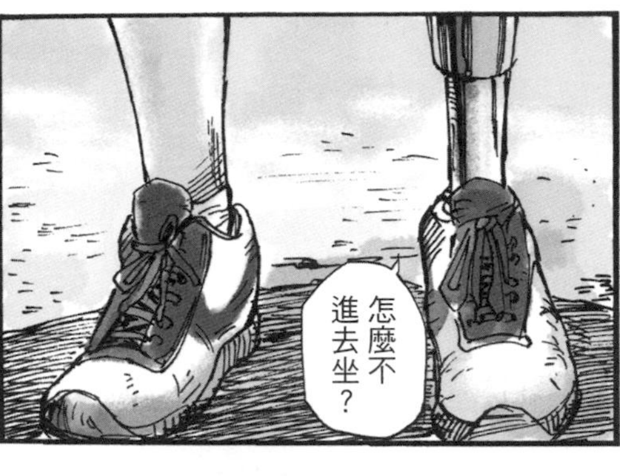
怎麼不進去坐？

呼！
呼！
呼！
呼！是啊，順便去買高麗菜。
阿芬要煮羊肉爐。

阿忠，
去跑步喔？

讚喔！菜給我，我拿進去給她。
好啊。

呿！這個兩金，
想也知道要藉機接近鳳玉……
是啊，心理想什麼行為就反應出來。

要去走走嗎？
呃？
好。

我記得以前阿忠家附近都是稻田，還有條大水圳，我游泳是在那學的。
水圳被水泥填蓋，稻田長出了房子。

回來開店還習慣嗎？

說來好笑，其實我一直不習慣的是住最久的台北。
你是人緣差到交不到朋友喔？
呃！也不是啦。

國中害我車禍斷腿。
躲在台北不會是不敢面對我吧？

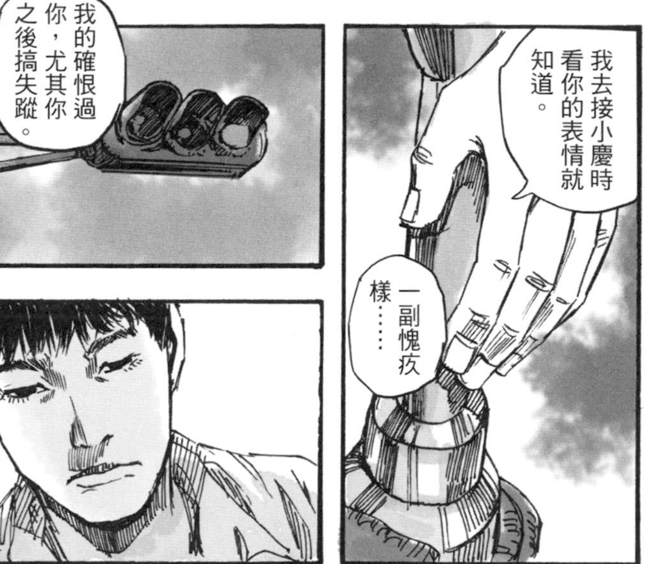
我去接小慶時看你的表情就知道。
一副愧疚樣……

我的確恨過你，尤其你之後搞失蹤。
如果你沒搶黃燈就不會發生意外。

不過有次修車時我突然想通「意外」不是單一行為構成的。
那次是處理一台縮缸的機車——

車主說得像是意外得很突然。
可是我一檢查，火星塞磨損了，機油少更換導致汽缸與活塞過度磨損。
意外的發生，不會是單一因素的。

因為搶黃燈，
正好砂石車司機早了一秒踩油門，
正好那天我坐在後座……
還有……

那天是我提議騎車去找阿芬告白的。

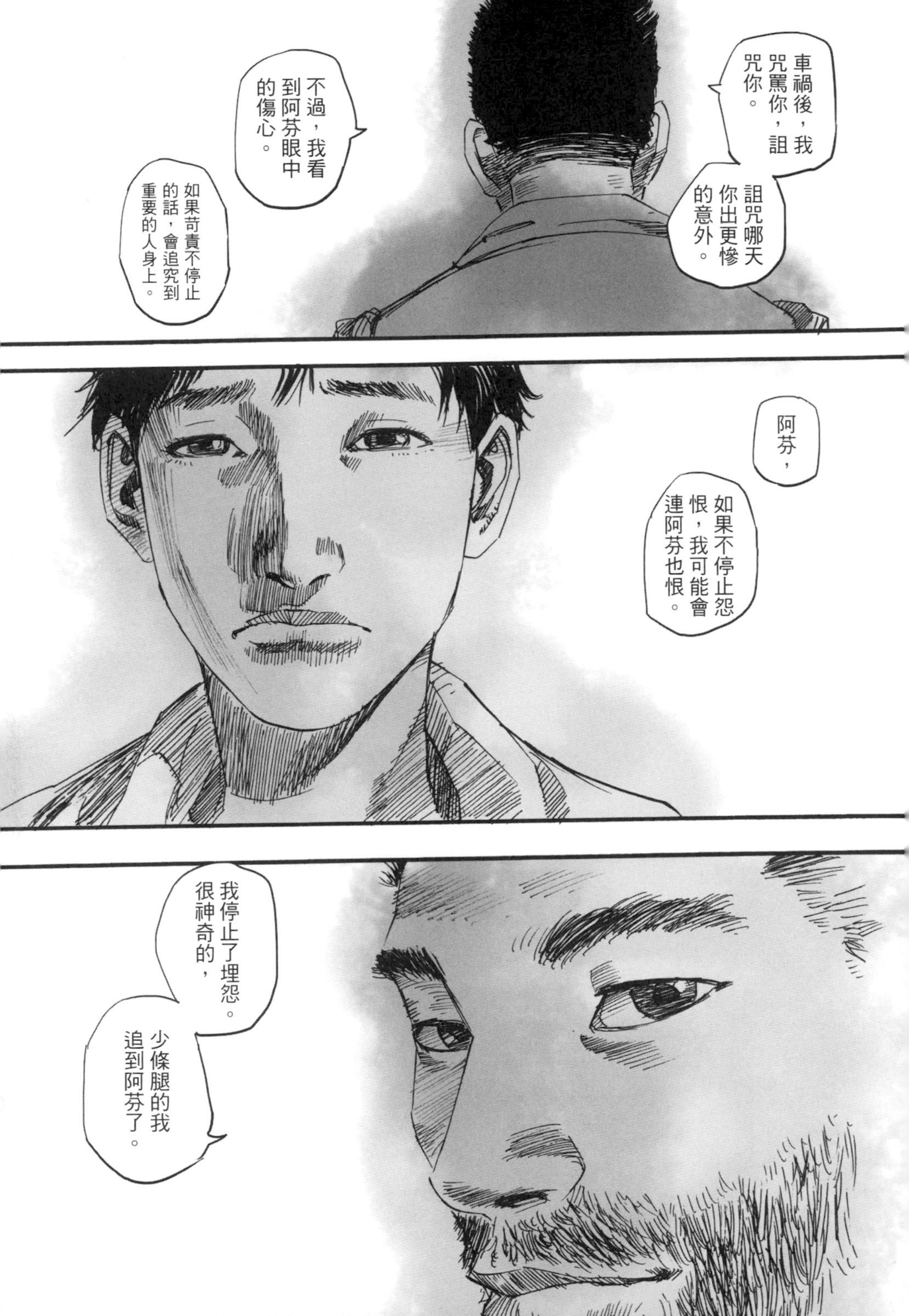
車禍後，我咒罵你，詛咒你。
詛咒哪天你出更慘的意外。
不過，我看到阿芬眼中的傷心。
如果苛責不停止的話，會追究到重要的人身上。
阿芬，
如果不停止怨恨，我可能會連阿芬也恨。
我停止了埋怨。很神奇的，
少條腿的我追到阿芬了。

喂！你們兩個！
大家等你們開飯耶！

知道了！馬上回去！
唉！她嗓門還是一樣大。
嗯。

有時睡覺還給我打呼磨牙。
哈！

也搞不懂為何會那麼愛她？

我很感動，
所以故意落後阿忠幾步，
這樣更能看見他和阿芬的幸福。
阿爸！吃飯囉！
喔，乖！
也許說這樣的話很不應該，
還好腿斷的不是我。
因為我清楚我的個性勢必讓阿忠、
阿芬更加失措，三人形同陌路。
心裡永遠有根針扎著。

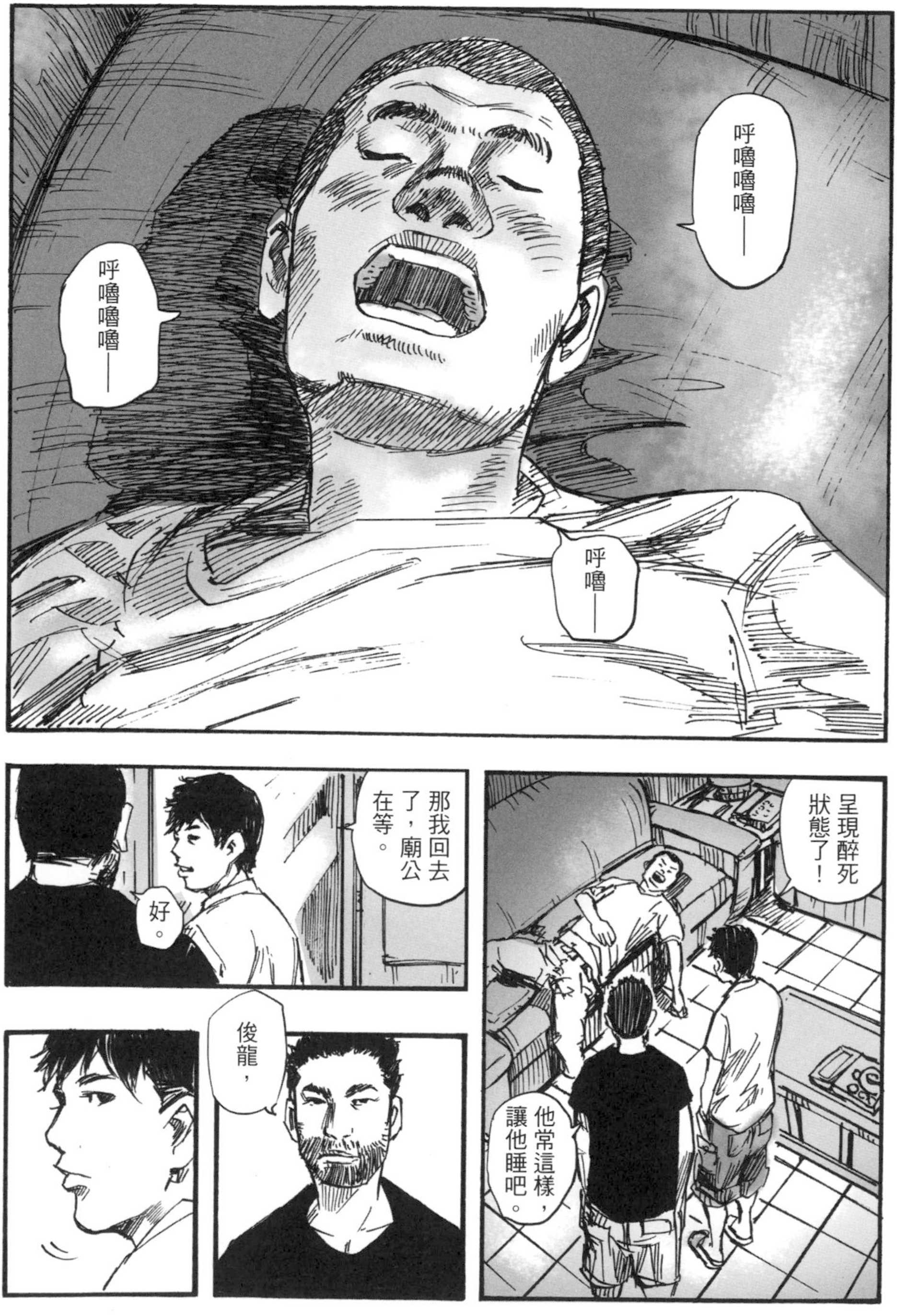

呼嚕嚕嚕——
呼嚕嚕嚕——
呼嚕——

日後有時間，和兩金三個人去跑步吧。

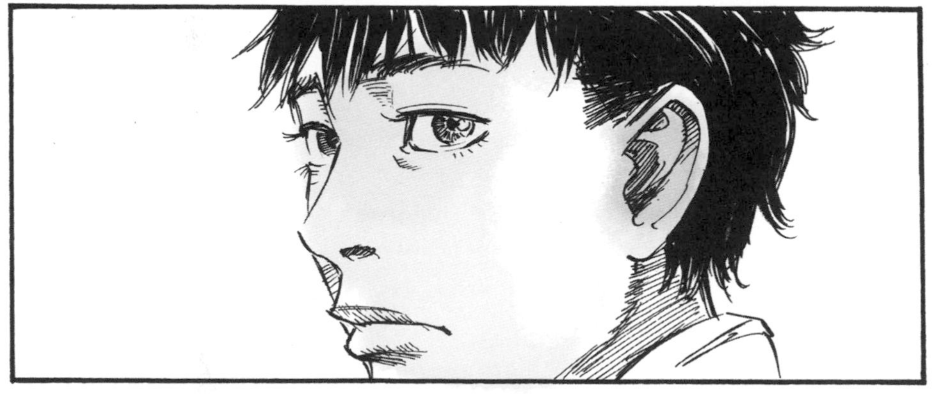

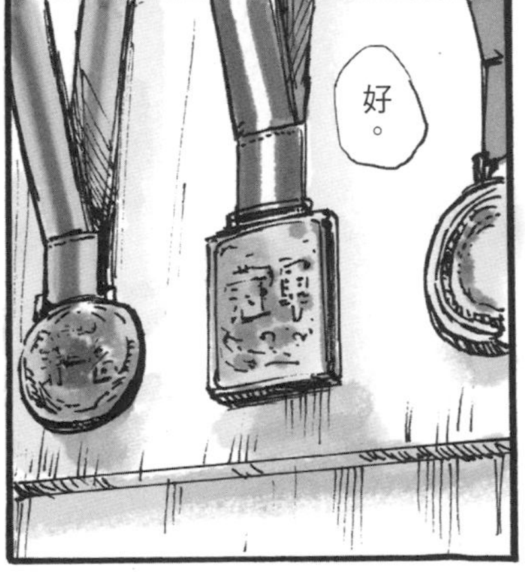
好。

俊龍哥，我載你回去。
不用了，吃太飽散步一下。

喔。

肚子很撐，
但心裡清空了長久
不想面對的。

很久沒這樣快樂了。
好像又回到了國中——

夠了！
我受夠了！

我都做成這樣了，你們還嫌什麼！
有辦法妳叫妳老公跟妳兒子賺回來啊！
我就活該犧牲嘛！
要我做到死你們才甘願是不是！
嗚嗚嗚！為何要這樣對我……
夠了……我受夠了……

嗚嗚嗚……
我好累……
好累……
唔！是喝醉了嗎……

不會吧！睡著了……

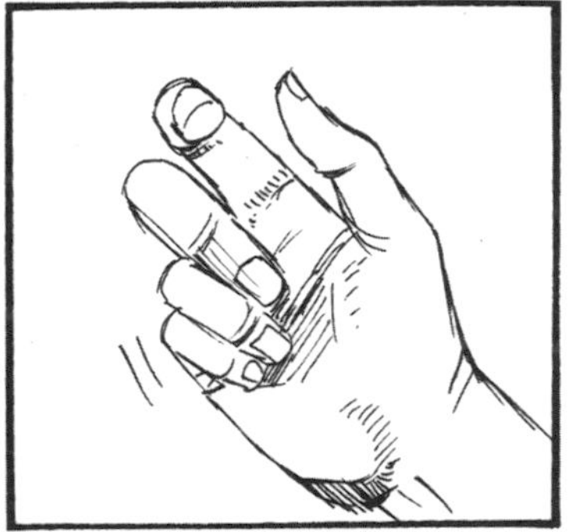

嘶呼——
呼……

唔！

還是少管閒事……

蔥油餅

用九商

啪！

我都貧血了，還吸我！
真夭壽！

這麼晚了！還在喝嗎？
不會給我通宵吧！

喀！

吼！總算回來了！
北天宮

啊！

你……你幹嘛……
你幹嘛學人撿屍！
不是啦！
快來幫忙——
唔嘔！
!!!!!!
嘔嘔嘔
嘔嘔嘔
嘔嘔！
台灣省
局賣公酒菸
菸酒
零售商
40406

第四話。

在乎的人

玩捉迷藏遊戲，最怕的是被忘記了。

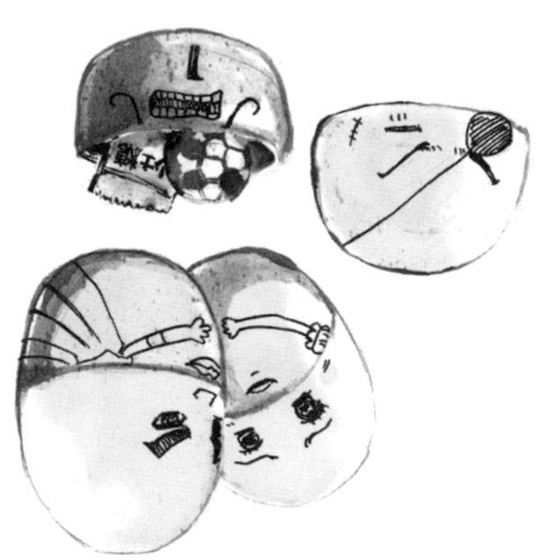

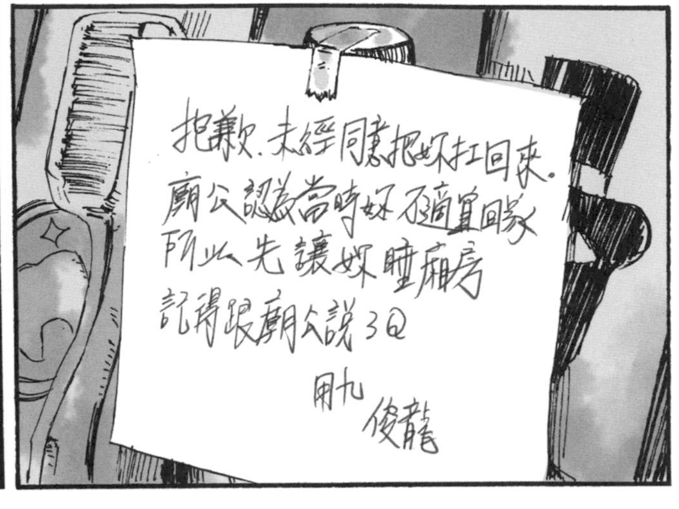

抱歉、未經同意把妳扛回來.
廟公認為當時妳不適宜回家
所以先讓妳睡廂房
記得跟廟公說3Q
用九
俊龍

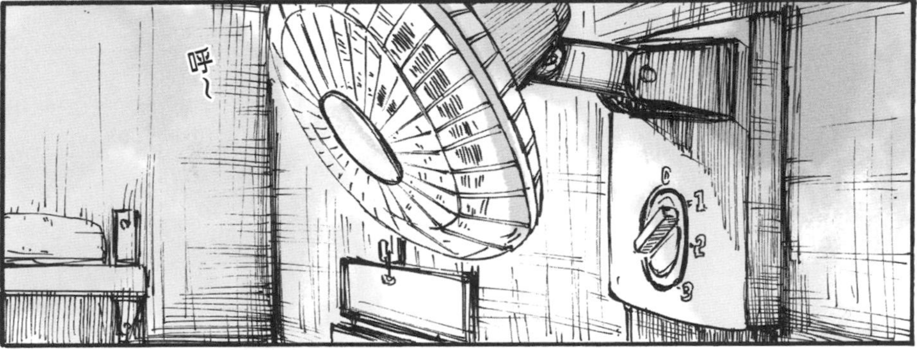
呼~

2下
把這裡加蓋出去，二樓也加蓋吧。
梯子
入口
遮雨棚
這下存款都得投下去了……
嘰！
俊龍，你訂的貨物到囉。
坤哥，椅條上有要代為寄件的，再麻煩你。
好，沒問題。

你這現在兼做物流中心喔！哈哈！
也不是，寄件人有事外出，所以拜託我啊——
走囉！
坤哥掰！

耶！開箱——

唰！

可以煮咖啡了！
……
請……
請問。

還記得車停哪嗎?在西市場水果攤前。
謝謝。
那個……牙刷牙膏錢……
嗶!嗶!
不用,那都是補貨的贈品。
昨晚不回家怎麼不說!手機也不開!
……沒電了……

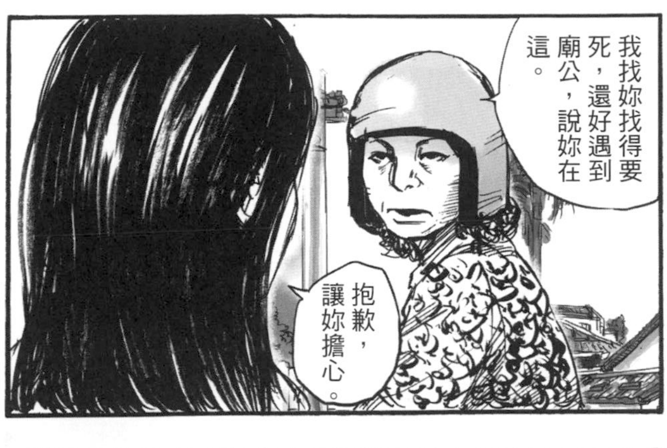
我找妳找得要死，還好遇到廟公，說妳在這。
抱歉，讓妳擔心。

錢呢？昨天下午叫妳準備的。

……
我放在車上……

晚上記得拿回來！
……
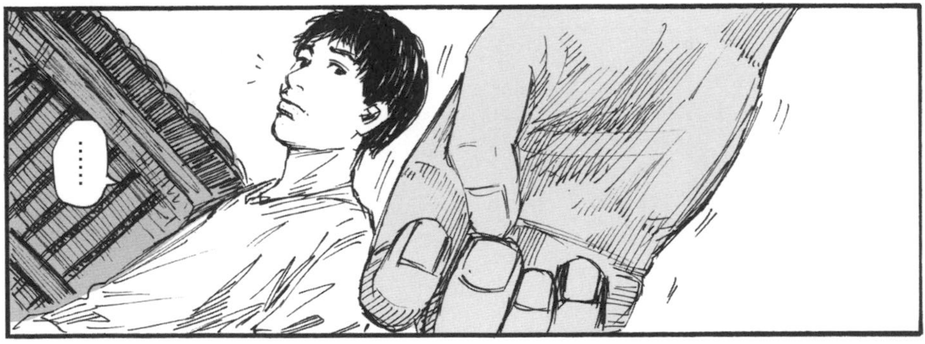
……

熱死了！這種天根本是在烤肉！
領掛號，先幫我拿罐冰奶茶吧！
信放我桌上，我去拿冰奶茶，蝸牛餅要嗎？
這個很促咪吧！
換我玩！
一定要的啊！
廟公你們在玩什麼？這麼起勁。

※促咪：閩南語「有趣」之意

俊龍買了扭蛋機，還有彈珠台啊！
不過扭蛋裡裝的不是玩具，
裡面是不同口味的糖果耶，玩一次才五元。
沙士糖
彈珠台的獎品可以依分數隨便挑耶！
蛋的表情是你畫的嗎？
是啊，無聊亂撇。
耶！先吃塊餅壓壓驚——
來，妳的蝸牛餅。
今天差點被狗咬，嚇死我了！

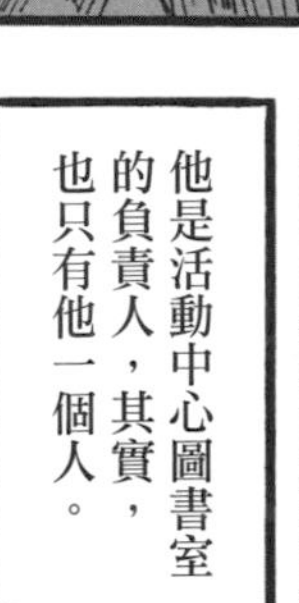

他幾乎整天
待在圖書室
裡，彷彿那
是他的殼。
這應該和他
老吃蝸牛餅
不相干吧～

他也不太主動和人交談，
總是靜靜的看書。

年紀不大，但渾身散發老派的氣息。
現在誰還會壓樹葉當書籤啊。

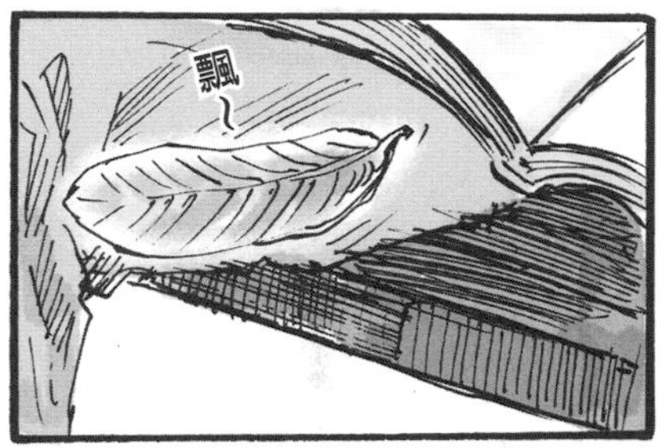
飄～

那個……你的書籤掉了——

無妨，再摘就有。

嘻！沒收——

春樹老師不記得我了吧？
也難怪，教過那麼多學生……

我是春嬌呀。
那個每次上國文課
被你罵要學習像蝸牛
一樣穩重的春嬌呀。

可是我學不起來。
只好每天帶著蝸牛跑。

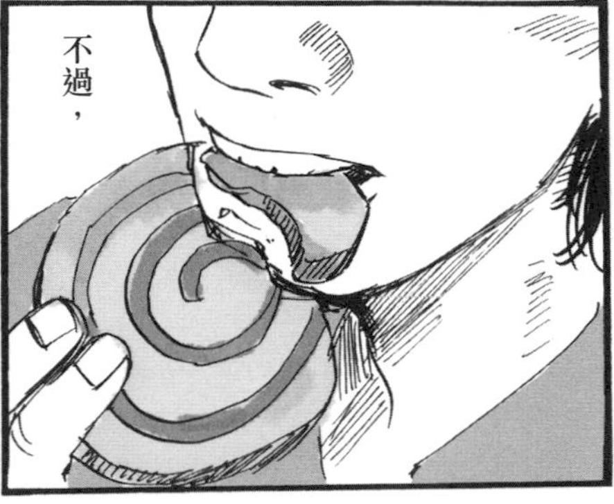
不過，

我有吃形補形喔，
而且每天來這練習——

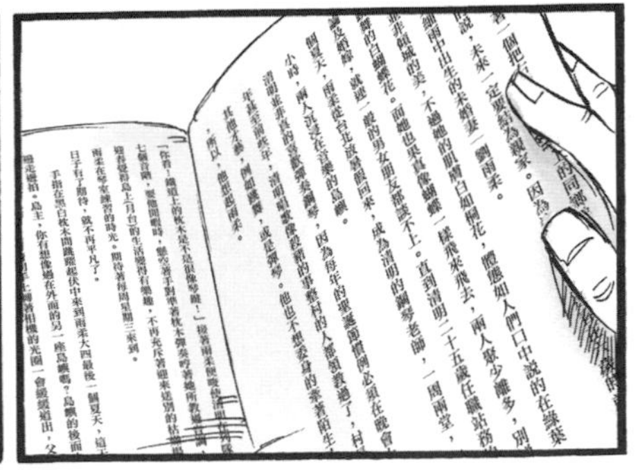

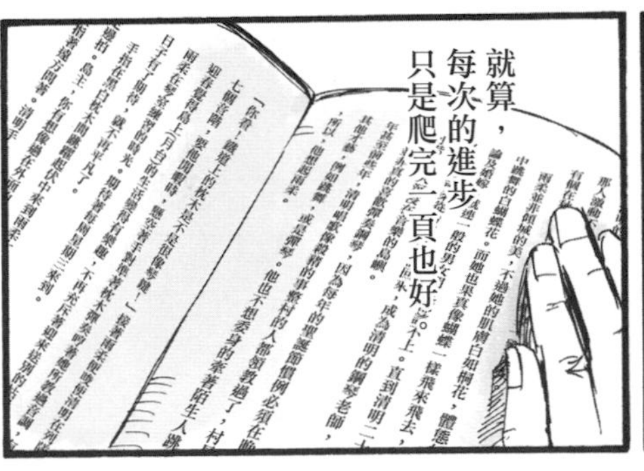
就算，
每次的進步
只是爬完一頁也好。

……幸好，
幸好有他們啊，
蝸牛餅才不至於
滯銷。

俊龍，幫我
秤一斤蛋。
好！

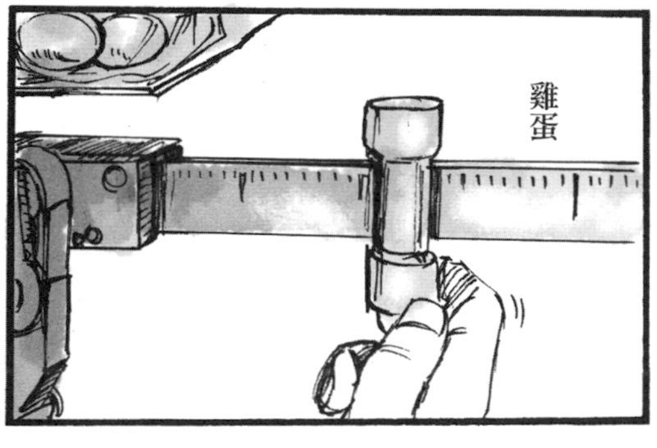
雞蛋

砝碼

微調
也是可以找到平衡。

啊!五點了,去把剩下的信送一送!

再見!
書,下週再拿去還。

……

還是一溜煙的
那麼快……

……

哈！廟公，我是鳳玉啦。

吼！穿這麼漂亮都認不出來了！要去喝喜酒？
去試禮服啦，要當同學的伴娘。

哇！鳳玉打扮後真的很漂亮。
對吧！這樣多有女人味！
你這樣說，好像我平常都很醜。

看這邊，準備要照囉——一、二……

喀嚓！

用九商店

好兄弟，你果真聽到我的心聲！
讚啊！設定桌面。

可惜你沒看鏡頭，失敗！
鳳玉就是我的焦點咩——

如果你在她面前這麼會說，不就好了！
談正事，給你看個東西——
喔！

笨兩金！
會不會拍啊——
手指擋到鏡頭
了啦！

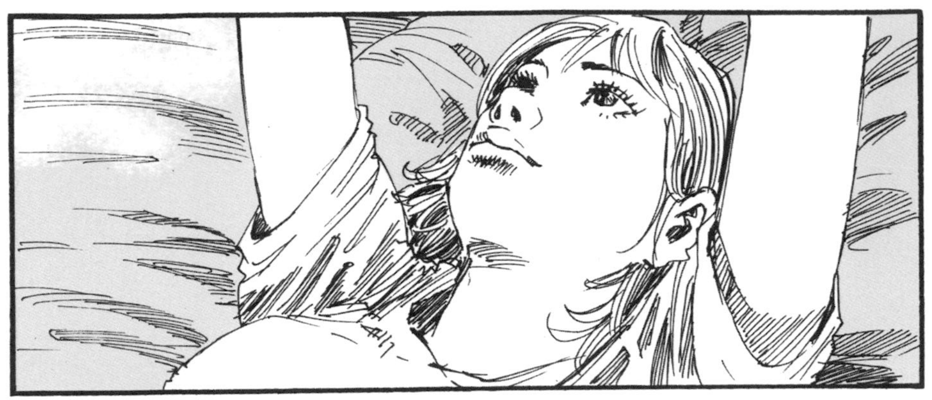

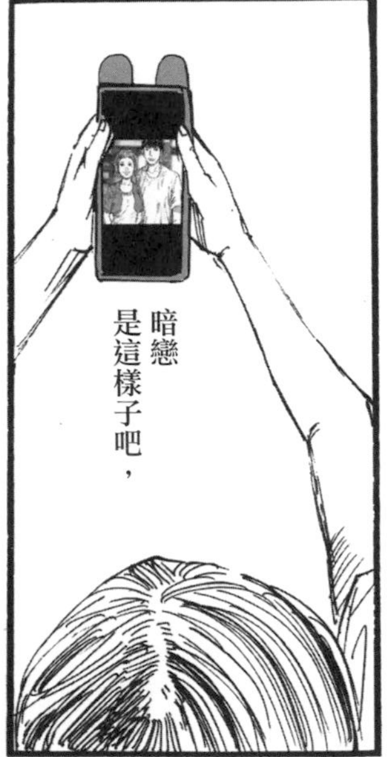
暗戀是這樣子吧，

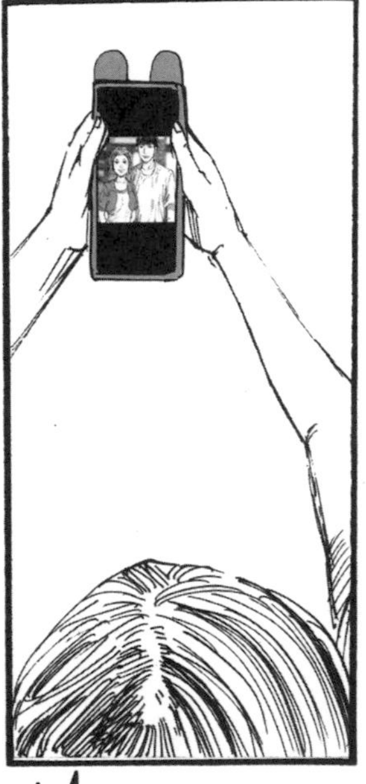

總是維持些距離。

手滑～
痛死我啦！
唔？有鳳玉的聲音。
哪有啦！你幻聽喔？

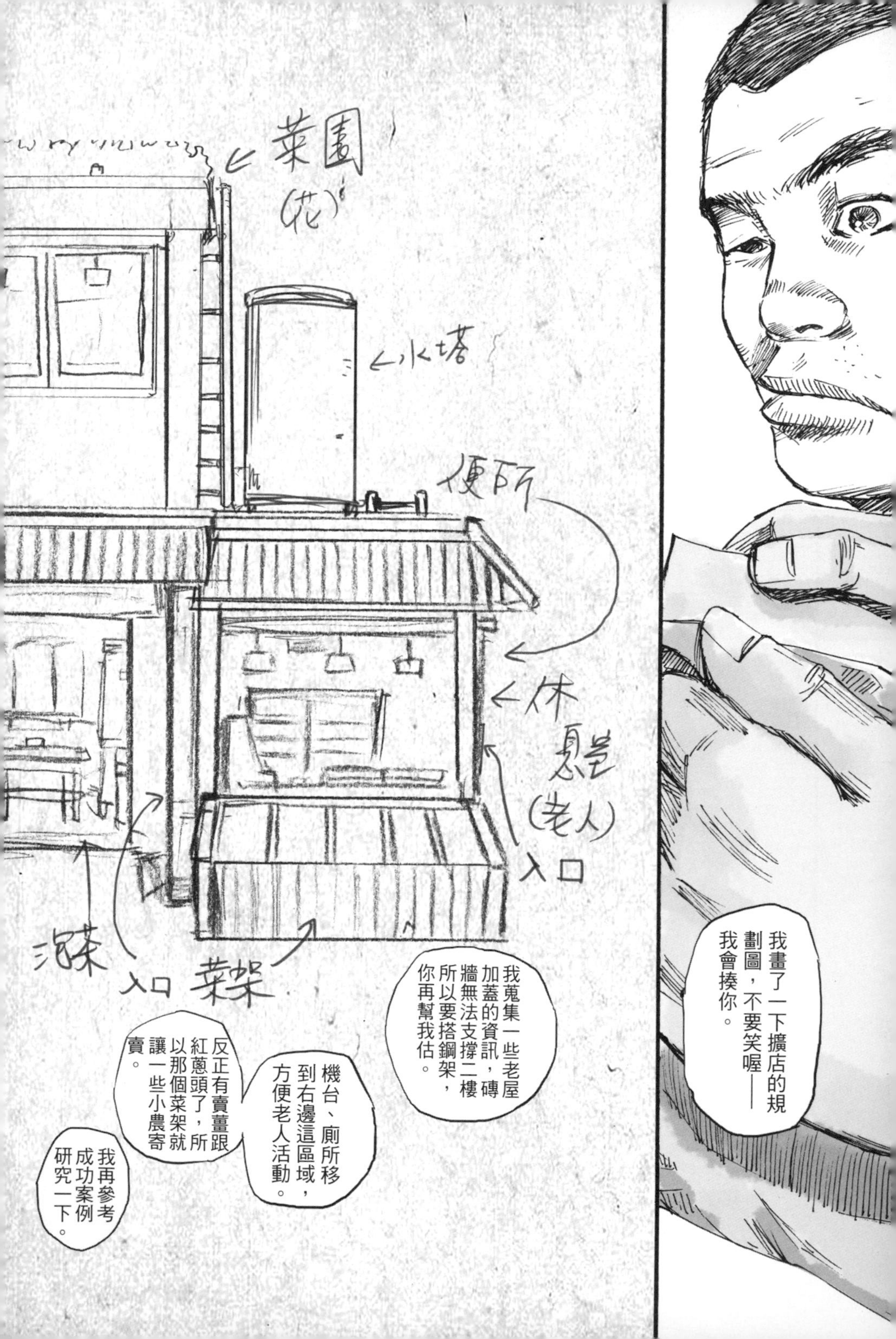
我畫了一下擴店的規劃圖，不要笑喔——我會揍你。
菜園(花)
水塔
便所
休息(老人)
入口
泡茶
入口
菜架
我蒐集一些老屋加蓋的資訊，磚牆無法支撐二樓所以要搭鋼架，你再幫我估。
機台、廁所移到右邊這區域，方便老人活動。
反正有賣薑跟紅蔥頭了，所以那個菜架就讓一些小農寄賣。
我再參考成功案例研究一下。

活動空間（小孩、大人、活動）
灑水器
遮雨棚
用九商店
防滑梯
至於二樓空間，我目前還沒想好要幹嘛，總之幫我多拉些電路、管線，
對！要裝個投影機，這樣以後一起看片喝酒滿爽的。
怎樣？你覺得這樣規劃可以嗎？

感動到皮皮剉！

喔喔好
興奮喔！
俊龍——
放手
啦！
很噁
耶！

我一定要
波你！太
感人了！
煩耶！

別害羞，
以前田徑
得冠軍不
是有波過
——
靠北！
放手啦！
那個……

唔！臭臉
維納斯……

昨晚失態了，抱歉，也謝謝你……
不會。
今天不用擺夜市？

換做我，我也不會想做。
呃……我從兩金那聽到一點點妳的事……
抱歉，我並沒要刺探……

今天不想做了……
嗯，太概了解……

……無所謂。
村裡應該都知道……

我聽著當鬼的兩金喊，捉到阿忠了！捉到阿猴了！哈！捉到張君雅了……

我心裡很得意，躲在一個連鬼都找不到的地方。

當我竊笑時，我聽見鳳玉在哭。她在跑回柱子時跌倒了。

兩金大喊，傻龍出來吧！我們不玩了。

這一定是要騙我
出來的「奧步」。
結果……

結果，他們真
的結束遊戲各
自回家……
他們就這樣
把我拋下，
我超生氣的
……
……因為很
失落吧……

失落也有，主要是
感到很丟臉。本來
我要以勝利者之姿
登場的……
結果鳳玉跌
倒，我就被
忘了。

我就是那個
一直被拋下
的……
可是，當鬼的
她又不肯放過
我。遊戲沒我
成不了局！

……有時，
我們並沒有
自己認為的
那麼重要。

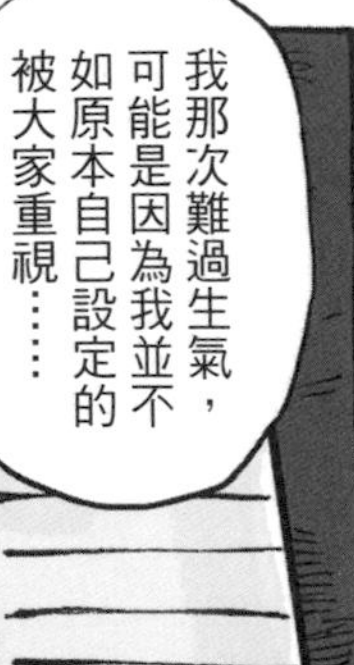

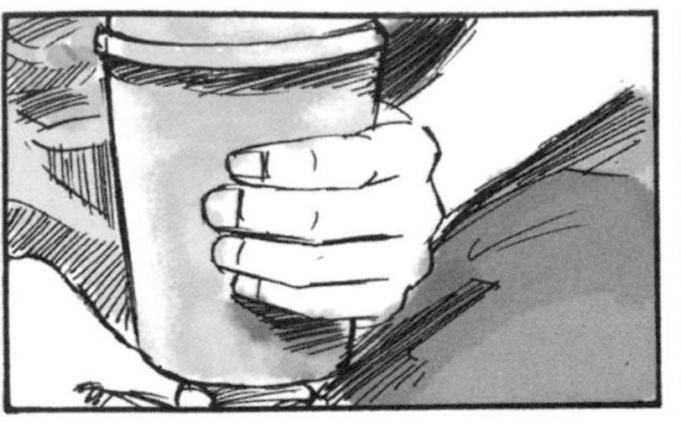

你是說，我把自己設定得太重要？

並不是，而是對於不在乎妳的人根本不需要感到失落。

不必要隨著他們眼中的妳而自我懷疑。

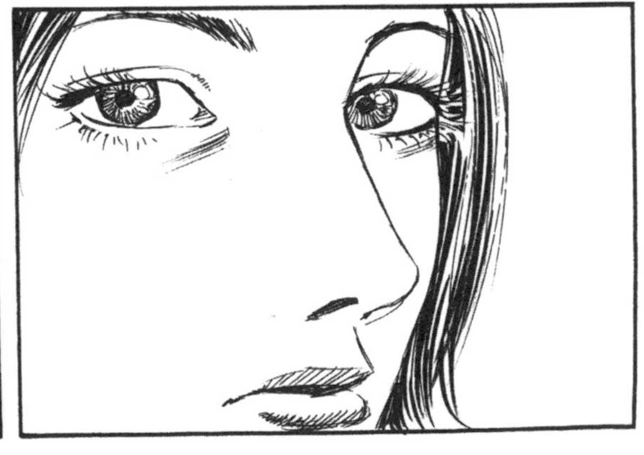

如果真的撐不住就拋下囉。
我也想，不過似乎很難。我怎麼躲還是會被鬼捉到……

好想飛走啊——
讓妳見識一下什麼叫做盪鞦韆！
仔細看清楚！

啊！

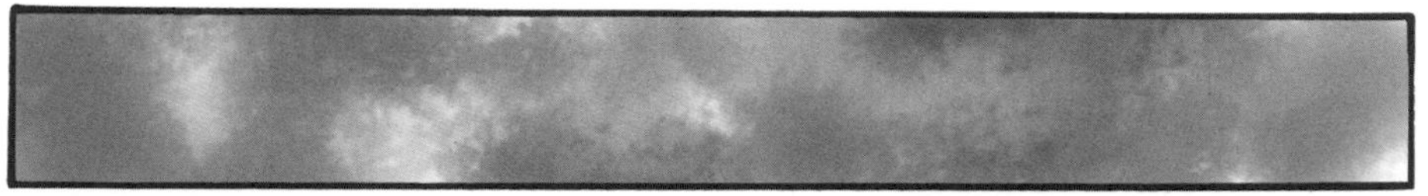

用九商

耍帥不成，有夠糗的……

唔？
法院寄什麼東西給阿公？

第五話。

用九商店

爲什麼店名不寫「用十」？
「九」不會過滿，讓人覺得臭屁，「久」是品質保證。

用九商店

用九商店
阿公。
嗯？
為什麼要叫用九？不要用八、用十？
因為八少那麼一點，十又代表很多——
可是我們店真的賣很多東西啊。
寫用十商店就好啦。
因為凡事都不能太滿啊。
剪好了，去拿掃把掃一掃。
好。

法院通知
用九商店
菸酒
零售商
40406

啊？
被法拍了！
哪會按呢！

啊就不知道阿德什麼時候去幫阿誠作保人。
種水果那個阿誠？
嗯！

那阿誠人咧？
一定是跑路了啊，不然哪會討到這邊。

阿誠也不是壞人，都發生了，追究也沒意思。

俊龍比較挫折吧，才決定要做些什麼……
唉，不知道能幫什麼……

磅！

又輸錢囉。
對啦！再去拿五百給我！

盡量玩，恐怕以後沒機會了。

阿雀，妳要買雞蛋是吧，我幫妳秤。

……

醫療費用扣除後，剩沒多少。
還有時間，大家幫忙湊一湊。
不要吧，現在的景氣大家都不好過。
撲通
那麼努力丟，結果一場大雨，石頭就被河水帶走。
我們當時有夠蠢。
……
以前我們都在這裡丟石頭。
總以為有天可以把河填滿……

但，一起做蠢事，就會顯得是了不起的正事了。
蠢事就是要有人一起做啊。

既然回到這了，別放棄。
我有暗崁私房錢可以先給你。別跟阿芬說喔！
我猜，她其實知道啦……
不會吧！

她其實精得很，只是裝傻。
現在又學會裝弱了。
咦？

阿芬選對人了。
女人會裝弱，表示她的男人很愛她……

實際是我纏著她不放。

一條腿很難平衡。

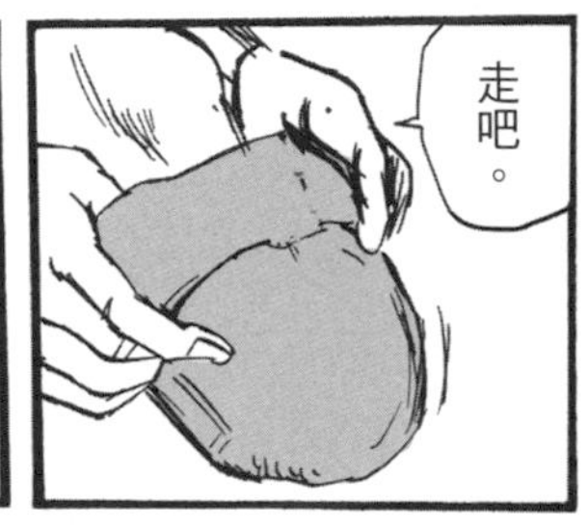
走吧。

去哪?

湊錢啊!把雜貨店買回來。
店沒了,以後我小孩放學去哪等?
你真當我那是安親班喔。

打給兩金，他超摳一定存很多。
他說那是娶某基金。
那得先要有女朋友啊。
噗！中肯。
哪有啦！你想太多。
嘖！你和兩金誰會變我妹婿？
俊龍，
我覺得鳳玉看你的眼神充滿愛慕耶。
……

海鮮熱炒
100
張銘科小兒家庭內科診所
尼卡彩色沖印
皮卡丘水電行
裁縫

兩金大大外找喔——

是誰啊？

兩金哥——

哈！

請妳喝咖啡！
馥香髮型屋
美

咖啡
飲料。甜品
妳愛喝卡布對吧？
對呀，謝謝你。

這杯妳的。
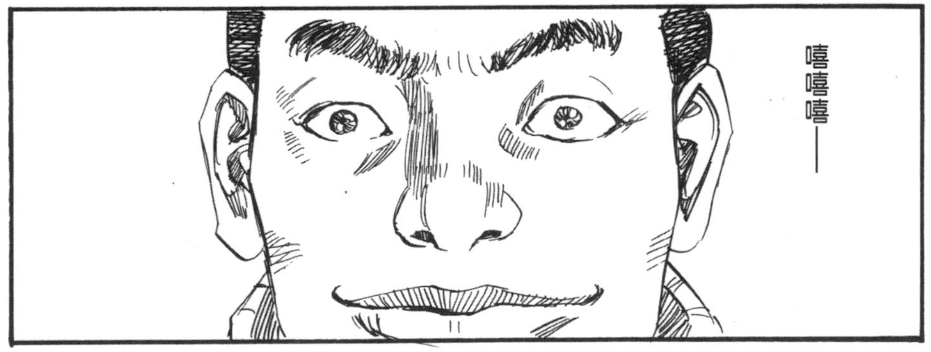
嘻嘻嘻——

幹嘛一直傻笑？
沒啦。
這好像是妳第一次來找我耶——
太驚喜了啦！

喔……

兩金哥，你知道雜貨店被法拍的事嗎？

唔噗！

欠揍耶！都不跟我說！前幾天還在討論店擴建。
我打電話罵他！

兩金哥……不如……
不如我們湊錢幫他吧？

唔！我們……

對耶！妳直接切到重點。
他不開口，我們就偷偷塞給他。
所以兩金哥你願意！
當然啊！兄弟要互挺啊！

安啦！工程款後天下來，我再跟妳說。
兩金哥真是大好人！

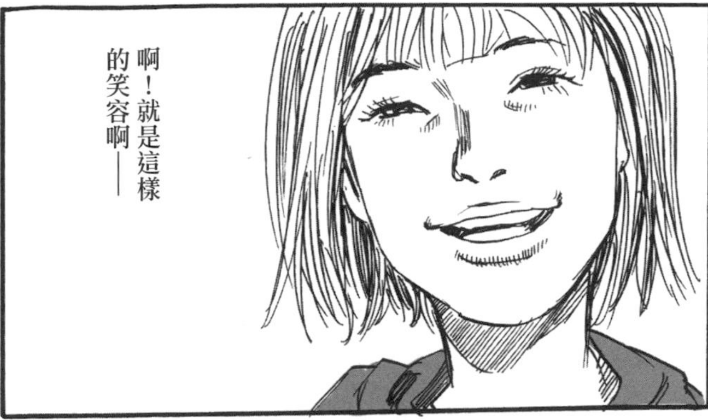
啊！就是這樣的笑容啊——

可以瞬間幸福滿滿趕走疲勞，比保力達B還有效——

兩金哥，那我去上班囉。
慢慢騎，掰！

回魂喔——上工囉！
靠夭！不要打擾我的沉醉啦！

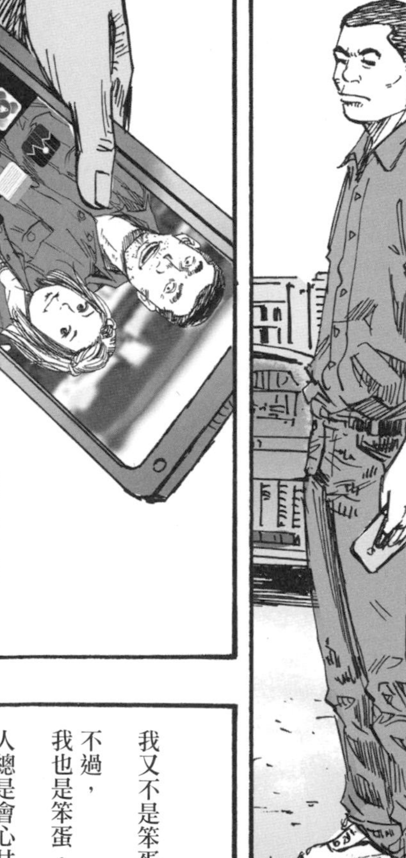

我又不是笨蛋。
不過，
我也是笨蛋。
人總是會心甘情願笨給某個人。

然後，
要笨上一段不知道會多久
的時間……
等到有天，或許對方會想
要珍惜你的笨。

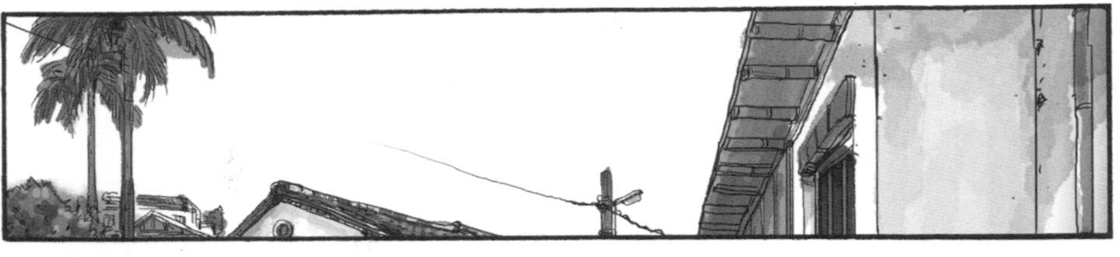

喀！

連續十個笑筊……

媽祖婆您的意思是會否極泰來嗎？

隆！隆！

還是，不管結果是什麼都要笑笑接受……

轟隆！

轟隆！

原來巢在看板後面啊！
田九商店

怪不得聽到聲
音看不到影。

啊幹！怎麼
下大雨啦！

等雨變小，
我打給寶珠
來接您。
我現在就
要回去！
那我打
電話。
幹！囉嗦！
我自己可以
回去！

您肚子很餓
了對不對？
觀察好幾次，
您每次肚子餓
就火大了！

別擋路啦！

閃啦！

我在床下找到一瓶很厲害的清酒喔——

用九商店

開動吧！

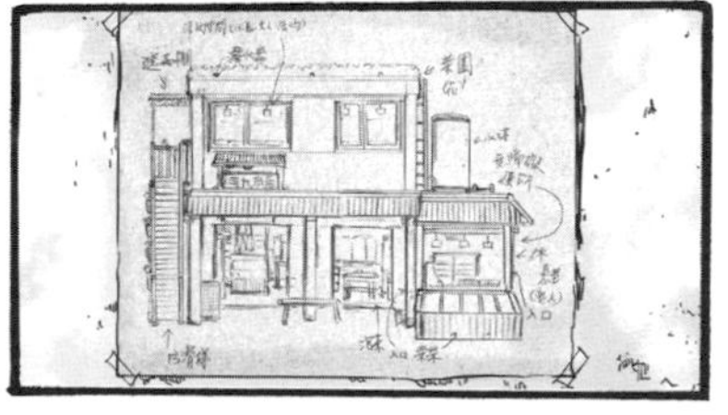

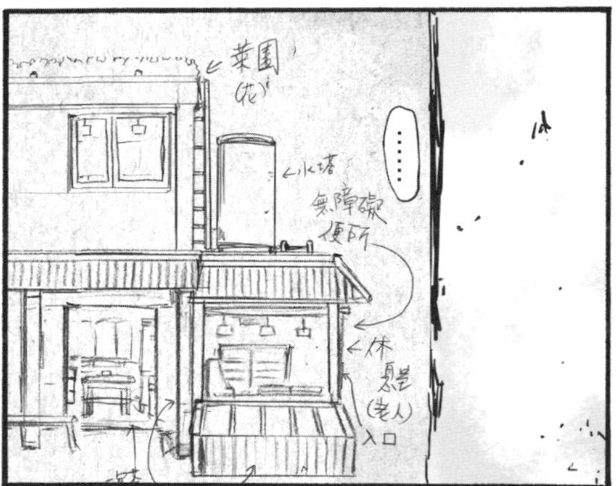
菜園
入口
……

酒喝不完就讓您帶回去，結束營業的禮物。
幹！吃飯別講什麼結束不結束的！
破壞胃口！

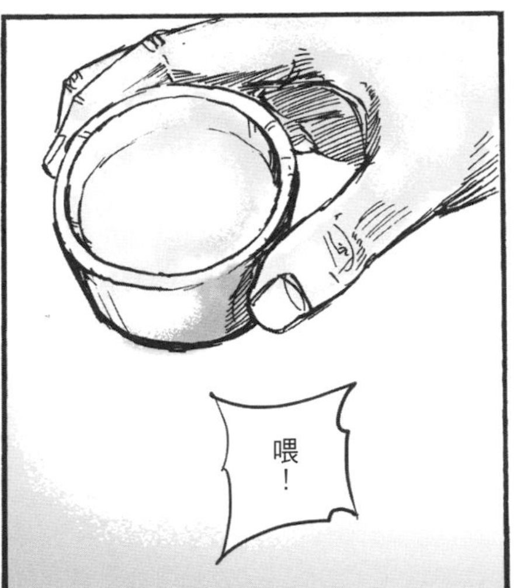

喂！

開動前先敬酒是禮貌，你阿公沒教你嗎？
喔！

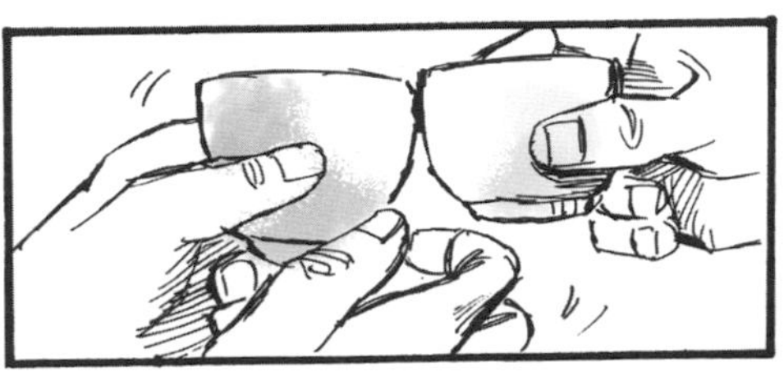

雨好大！

老闆，買老薑。
喔！

應該是寶珠來接您了。

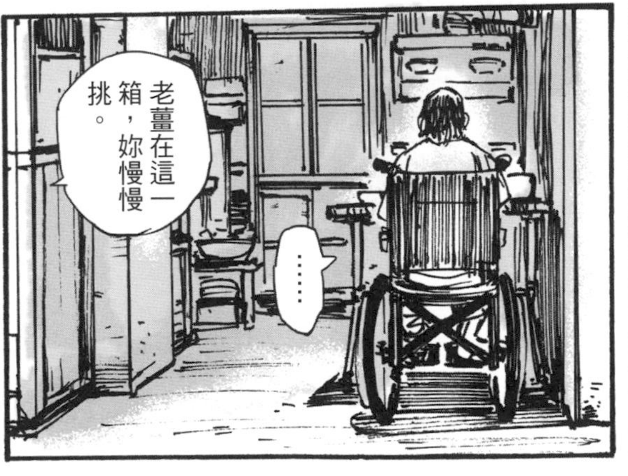

老薑在這一箱，妳慢慢挑。
……

寶珠今天較晚喔，放假嗎？

我要回去了！

勇伯，你不嫌棄的話，那些機台送給您。
不然我也不知道怎麼處理……

再說……

您不等寶珠來接喔？我打她手機吧！

不用啦！我還沒殘廢到都要人幫！

吼！今天火氣特別大……

原來寶珠離開了……
做了三年。她是做最久的看護。
謝謝您的照顧.
Càm ơn bạn đã quan tâm của bạn

但是氣歸氣，廟公說
勇伯包了二十萬紅包給寶珠。
像給女兒嫁妝一般。

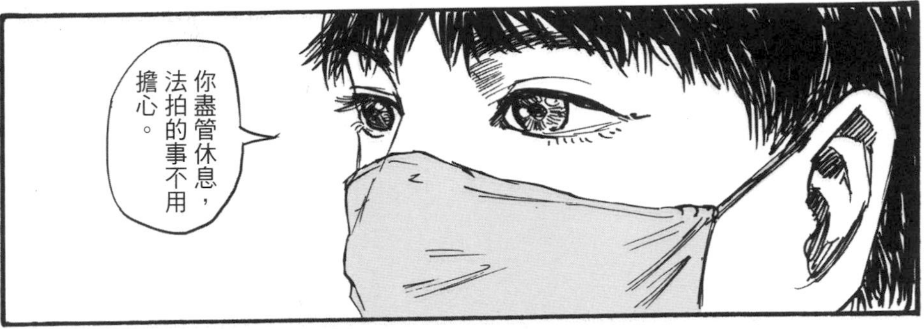
你盡管休息，法拍的事不用擔心。

還好大家都很願意幫忙，我起了一個會，之後再慢慢繳。

廟公他們也幫忙很多。

他老是說，人的記性很不好。

所以老天給我們像年輪一樣的功能可以去懷念。

用九商店
所以要保留舊東西，要常常提起過去，記憶就不會消失了。
90000
他沒說保留舊東西要花不少錢啊……
唉……

傻龍弟弟心情不好呀？
喀！
嘎！
喂，你看！像不像你現在的表情？
哇！你看看簡直是在照鏡子耶！
無聊，哪像啦—
要吃糖果嗎？
你吃就好……
喂！

扭蛋性感美麗女超人！
性感光波！嗶哩哩嗶嗶！
……
掉落～
你沒笑……好挫折——
啊！
好笑啊！是我太久沒看妳搞笑了……
上當囉！

哈！
我來看一下啦——我和我尪都怕你又搞失蹤。
……不會了啦。
我清楚逃避也是白逃……
以為像蒲公英般飄走就沒事了。
但沒料到，籽是種在心裡。

菸酒
零售商
40406
我和阿忠商量好了，除了他的私房錢，
小孩的教育基金也借你吧。

……
然後呀——

讓小孩認你做乾爹，這樣你就賴不了帳了——

哎喲！差點忘記接小孩！
妳拿瓶養樂多去給他吧，
就說今天起，乾爹長期供應到他唸大學。
簡忠勝→球場
大鼻芬
鄭淑芬
保麗龍
楊俊龍
哈！好喔。
晚上要不要看電影？
呃？
廟埕今晚有露天電影。
好啊！好懷念。
好！晚上見囉！
大鼻芬！

扭蛋帥氣超人變身！
發射乾蝦電波嗶哩哩哩嗶哩！
收到ㄚㄚㄚㄚ……
我咧！還自己做收尾音效果——

各位鄉親，今晚七點廟埕播放電影，歡迎闔家前往觀賞。謝謝！
各位鄉親，今晚七點廟埕播放電影，歡迎闔家前往觀賞。謝謝！
天
花
嘩！
嘩！
巨人——變身！
快下來！跌倒就別給我哭！
嘩！
我去佔位置！
嘩！

今天沒去
擺夜市啊。

多虧了許多人幫忙……

反正在這
也是可以
做生意。
雜貨店的事
我聽說了，
還好嗎？
嗯！
昭君，兩
個加蛋不
要辣！

噗！妳
叫昭君
……
不行
嗎……

準備放映
了喔！

俊龍哥！我
有幫你留位
置喔——

不用啊，
還要看店。
喔……

沒注意是什麼片名，
我只看了五分鐘就離開。

那五分鐘裡，我腦子同時也播著以前
和阿公、爸、媽一起在這看電影的片段……

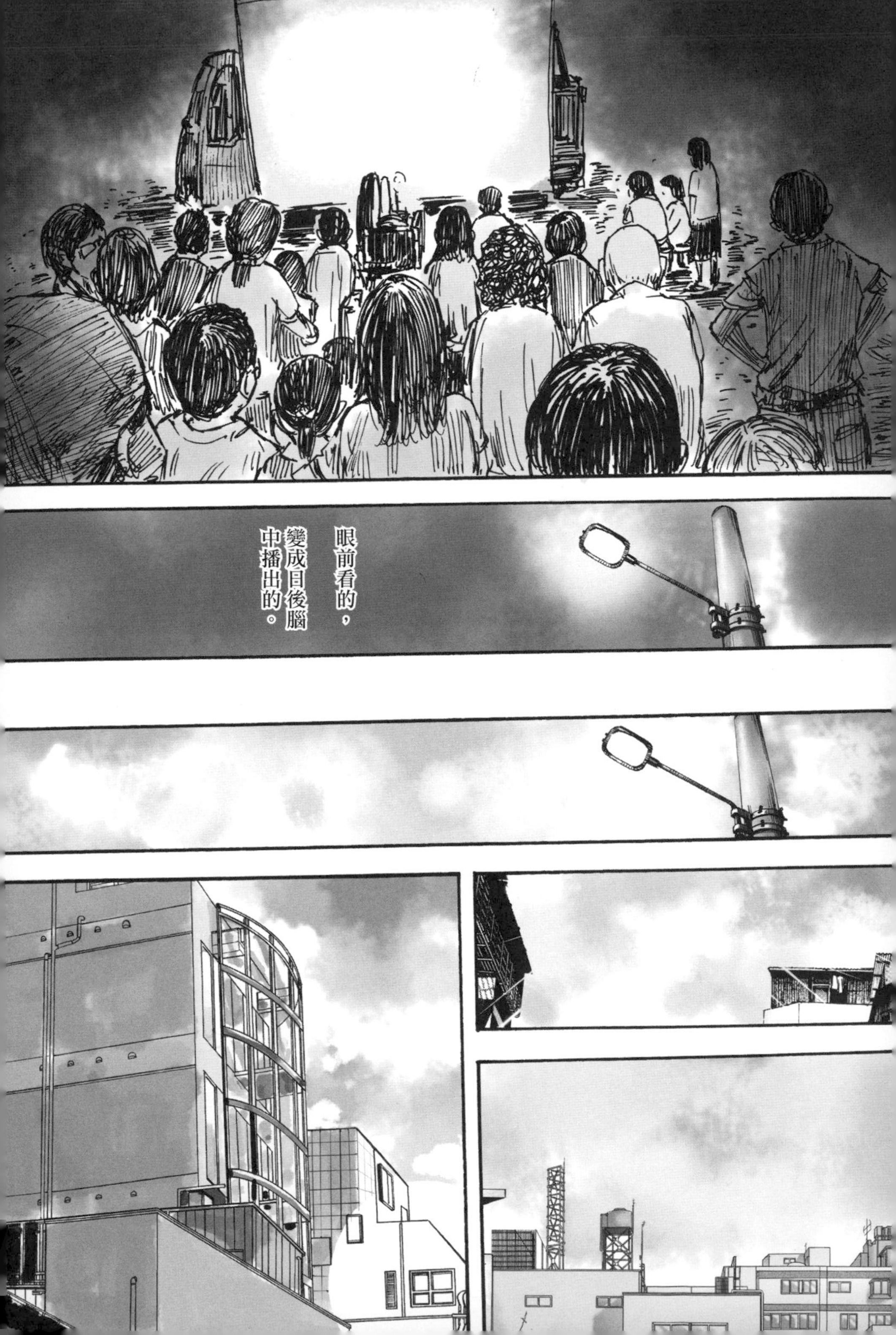
眼前看的，
變成日後腦
中播出的。

什麼！有人買了！
怎麼可能？不是公告沒幾天！
可以請您幫我再確認一下嗎！還有是誰買的？

可惡！我猜一定是那個邱阿舍！
他要開賣場，所以一併把店給買了！
你不會覺得超幹的嗎！
你怎麼不講話？

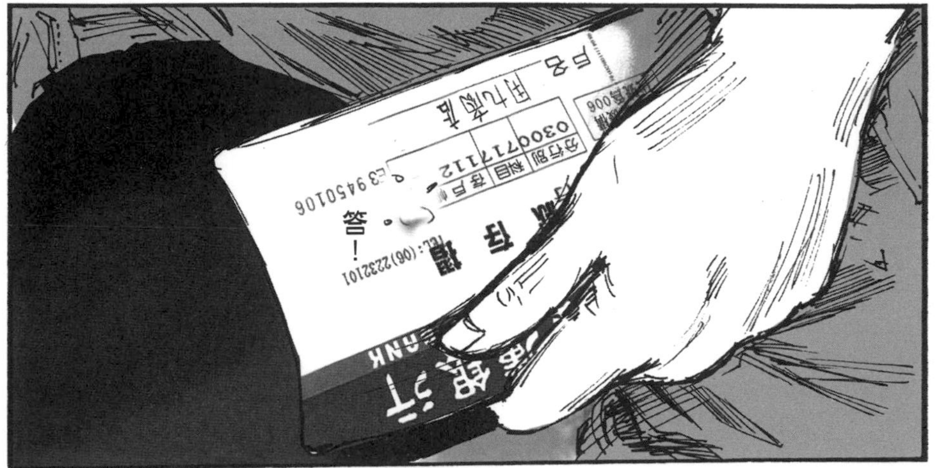
銀行
TEL:(06)2232101
分行別 科目 存戶帳
0300 717 112
戶名 周九商店

夏天的雲層
總是很低……

跳啊跳的，以為伸手就能捉住。

第六話。

厝鳥仔

麻雀在有人住的房子築巢，一切都安心了。

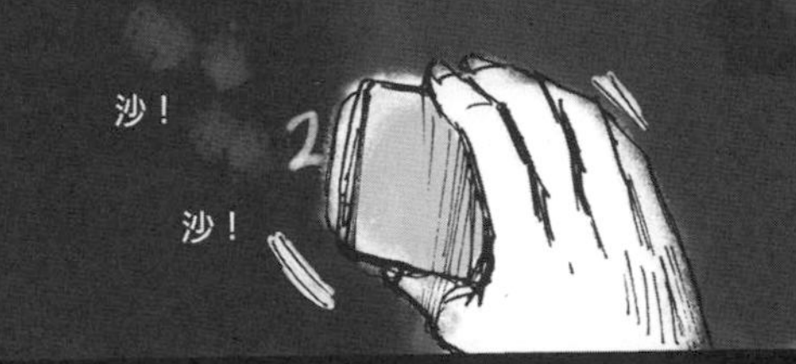
沙！
沙！

這些鑲嵌在牆上的櫃子怎麼辦？

阿生
-120

這個衣櫃是你爸出生時訂做的。

我回來了！
唔！阿公！你什麼時候醒了？
你怎麼回來的？我還沒辦出院耶！
你不會頭暈嗎？會不會不舒服？
你一次問那麼多，我怎麼回答啦？
到外面吧！房間好熱。
喔！
呼——還是家裡舒服……

哈菸哈好久了。
呼～
……
阿公抱歉……我還是沒守好這家店……
用九商店
能經營到現在算賺到了……
你出生前，那時店裡還有在幫人碾米。
你爸一碰粉塵就發蕁麻疹，但偏偏我又需要人手……
後來我把碾米收掉，也在思考，以後把店交給他到底好不好。
或許這家店什麼都有，像個世界。
但我不能讓你們認為世界僅是如此。
找到不同扎根處，才能成樹林，對吧？

不過長輩都有放風箏心態。
想看小孩飛高，可是手上還拉扯著線不放。
俊龍，你別難過或自責於定數。
花開花謝啊——
對耶，前幾天還有聽到說……
牠們也知道要離開了……
咦？
鳥叫聲沒了。
用九商店

用九商店
啪！
哎喲！
阿公幹嘛打我？
嘿！
啪！
哎喲！別打了！
啪！
痛！

喂！起來！別睡了啦！
事情大條了啦！
唔！
兩金……我阿公咧？
你是中暑喔！公你的頭啦！
有個天大的事要跟你說……那個……

啾！
啾！
啾！
啾⋯！
小鳥不用
搬家了⋯⋯

聽仔，那些老牆請師傅留意顧著。
OK的！

期待改建後的新用九商店！

忠
放飯囉！

鳳玉，過來
幫忙妳阿嫂
發便當。

好！

師傅們，吃
飯了，飲料
自己拿我請
喔！
廟公、勇伯便
當有算你們，
來吃喔。
走了啦！
要抬轎來
請喔！
催啥？等這
一局跑完就
去了！

媽祖的笑筊
沒解讀錯的話
是凡事自有安排……
誰會料到本村
最粗的人
會這麼細心──
他搶在邱阿舍
之前買下了
雜貨店。
但這完全不像他平日
自大又自私的作風……

也許是他有看到
俊龍規劃的空間
和便所，
有顧慮到他的行
動不便吧。
幹！又輸了！
你是不是有偷調
機台啊！

唔！
東窗事
發了！

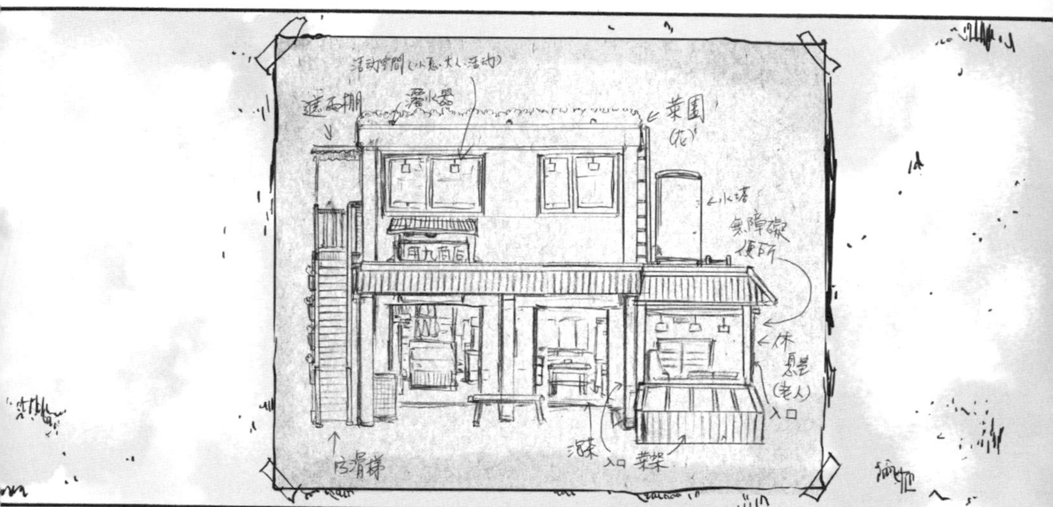
活動空間(小孩、大人活動)
灑水器
遮雨棚
菜園
(花)
水塔
用九商店
無障礙
便所
休息
(老人)
入口
溜滑梯
入口
菜架

105年
四月
16
農曆三月初十日
星期六
再過四個月……

實在不清楚蓋好後，
會不會讓店更好……
但對來店裡消費的
居民是好的。
這一點我有把握……

因為這種自信和把握
在我阿公掛上招牌
的第一天就開始了，
一直延續到現在……
九商店

不清楚蓋好
是什麼樣子？
不過……

兩金已經做了3D，還給我貼在里民公佈欄。

用九商店

中秋節重新開幕
敬請鄉親們期待

用九商店　楊俊龍 敬上

室內裝潢・水電
蔡亮君(兩金)
0917-518071

室內裝潢・水電
蔡亮君(兩金)
0917-518071

室內裝潢・水電
蔡亮君(兩金)
0917-518071

室內裝潢・水電
蔡亮君(兩金)
0917-518071

羅文嘉（水牛出版社社長）

我的外祖父母開的就是柑仔店，那裡永遠熱鬧的聚集了許多親戚朋友，坐在店外閒嗑牙，店裡的糖果罐則是我童年最任性的快樂，隨我愛拿多少，像是有魔法般永遠能滿足我。看了《用九柑仔店》，眼前又晶晶亮亮的閃耀著……，應該不是眼眶中的淚水，是童年阿公家的糖果罐吧！

劉昭儀（我愛你學田市集創辦人）

每個人心中都有個永遠亮著燈的「柑仔店」，只要召喚美好的過往，記憶就會塞滿在老舊的貨架上……

只是因為工作太忙、朋友很多、活動繁雜、國事家事……，筋疲力盡的我們，恍神之間會忘記最初的滋養。好在，我們還有阮光民的《用九柑仔店》！

看了《用九柑仔店》，覺得自己好幸運，終於回到以為早已消逝的時空，再度打開一盞燈，有書、有菜，有來自土地與真實的農作或手作，等待有需要的人——在愛的柑仔店！

劉克襄（作家）

隨著時代變遷，原本欲將柑仔店結束的主角，在鄉親的渴盼下，信念一轉，決定回來承繼，展現新的生機。

透過傳統柑仔店的經營模式，小時在此長大的主角逐漸體會阿公的生意哲學，還有以此平台認識老一輩職人的工作態度，諸如醬油製造者一生懸命的信念。更因為返鄉，跟老同學有了成熟的回憶。以此爬梳，人生的無奈和生活價值似乎更加清晰。最後主角想要擴充營運的熱情和理想，都在這一經營的過程裡慢慢積累。作者善於點到為止，留下諸多空白，讓我們不斷頓停，沉思和想像，進而遇見一個美好的家園藍圖。

彭顯惠（小間書菜店主）

阮光民筆下的柑仔店讓我看了不禁覺得有股暖流從心頭湧出，故事裡的俊龍在某些想法上跟我們是不謀而合的，裡面的很多場景，也依舊在我的生活裡真實上演著。

台灣的社會結構大幅改變，都會區三五步就一家便利商店，開車幾分鐘就一間大賣場，柑仔店的存在顯然已被忘至腦後。然而在農村與漁村，這樣的小店依然是被大部分村人所依賴著。我們賣的醬油是宜蘭當地媽媽依照古法釀造的；雞蛋是附近農家用半放養方式生產的；有時農友忙，我們還幫忙代接小孩放學並讓他在店內寫功課；甚至愛讀書的農友也會請我們幫忙訂書……

就在這麼多之前根本想像不到的相處點滴中，店跟客人相互激盪出一片溫暖，而由此產生的溫度就叫做人情味，它不是蓄意培養而是人跟人之間最原始的交流產生的，也因為這樣，所以我們才忘不了柑仔店。

洪震宇（作家）

用九柑仔店，是充滿台灣情感記憶的深夜食堂。作者用一筆一畫，勾勒出土地的鄉愁，以一磚一瓦，堆砌出台灣獨特的風格。鼓勵青年追尋真實自我，創造有情感黏度的未來。

我眼中的漫畫家阮光民

我認識阮光民大約五年了。才五年？感覺上像認識了一輩子。或許是從一開始就一見如故，所以整個時間感錯亂了……

起初，我看中他的作品《東華春理髮廳》。其獨特、深情到讓人心寬的風格十分吸引我。在台灣原創漫畫當中，這種成熟、真誠、幽默和感情交替的作品堪稱少之又少，絕非少年漫畫之列。歸功於我太太的努力，沒想到在短時間內居然就促成我倆在台北見面吃飯的機會。光民天性謙虛，壓根沒想到自己作品的吸引力會超出國界，他被我真誠的讀後心得給「震懵」（中國大陸用語，意思大概是：光民被我嚇成朋友了。當然是說得很誇張）。此後，我這位德國翻譯家和那位台灣漫畫家之間就發展了濃厚的 bromance（兄弟情），歷久彌堅，愈演愈烈。我們一起踏上了一條巧妙的、結合了創意、友誼、專業和很大一塊生活哲學的路，足跡已遍及台灣和德國兩地。今年（二〇一六）光民受邀在柏林文學院（LCB）駐村，同時我們還一起參加了萊比錫書展。他的作品越來越受到肯定，令我非常高興。現在由大名鼎鼎的遠流出版公司來出版他的新作，真令我倍感興奮！

阮光民是一個很可愛的人。他對周圍環境和人物的敏銳觀察，以及不斷地尋找故事的習慣經常令我佩服。他富有想像力，但他自己的人生經歷和生活哲學更令我印象深刻。熱情橫溢、富有幽默和創意的他卻總帶著一點羞澀和傷感，和他的作品一樣暗示我們不要只看表面。

我們認識久了，我知道光民內心有多堅強，有時甚至接近固執。但他的創作總是有那麼一份毫不防禦的、脆弱的、浪漫的、真實的氣息，不僅在台灣的漫畫界當中算很獨特，台灣的男人也很少像他這麼敢於表露內心感觸。

光民多才多藝，童心未泯。除了我所珍愛的「成熟漫畫」以外，他也為《國語日報》畫卡通並在學校教學生畫畫。保有赤子之心的他其實很會替孩子們著想，特別是他自己的小孩和在他生活中經常出現的孩子們在他心中都有很重的分量。

這回光民以新作《用九柑仔店　守護暖心的所在》再度令他的童年台灣，特別是鄉下的台灣，和當代台灣巧妙地相會，他將古早味、懷舊感、失落感和面向未來的正能量鑄成屬於他自己和所有讀者的暖心世界。

我愛阮光民！

唐悠翰

（翻譯家，漫畫迷，德國外交部芝麻官）

記憶中恆星般的故事

阿公去世之前，我已離開家鄉斗六嘉東里好幾年了。也忘了哪一年，想是我回去奔喪後沒多久，那棟磚瓦搭蓋的平房柑仔店也拆了，聽說因為是廟地要收回。店址移到對面的水泥建築。

我仍過著自己的生活，回到中和當著漫畫助手，領著死不了、活不好的薪水，準備來年的新人獎。

當手上沒任何舊物可握，失去觸感的連繫時，記憶似乎模糊得特別快。一直到我三十歲的某天，突然意識到自己無法畫少年漫畫，才開始往記憶裡搜尋有哪些是可以說的故事——像是我小學常寄放鐵馬的理髮廳，有個日本高學歷的扒手，一個智能不足的彌勒佛……我都一一記在筆記簿上。

完成《東華春理髮廳》後，二〇一一年我畫了個茶葉蛋的故事，把阿公的柑仔店置入在作品《幸福調味料》裡。這篇讓我覺得意義格外不同，至少對我爸那邊的親戚來說，某段期間它是個聊天的話題。坦白說，畫自己記憶中的畫面是五味雜陳的，但也有一種踏實感，和重溫一遍成長經歷的有趣。

因此當遠流總編輯靜宜問我有什麼故事要畫時，我說就以柑仔店為主題吧。

小時候，除非外公來接我出去玩，大多時間我是待在阿公的柑仔店，等著在工廠上班的媽媽來接我回家。小孩在柑仔店裡不用擔心餓著或無聊，我常趁大人睡午覺時，坐在椅條上開罐親親蘆筍汁，拿幾根麻花辮形狀的餅，弄些屑屑餵麻雀，吃完就幫忙洗洗檳榔葉，將菁仔去頭去尾，或是搬出摺疊書桌寫作業。如果這樣還有打發不了的空檔也不用愁，永遠有家庭手工業可以做。對！我媽當時應該去舉發我阿公阿媽任用童工的。不過那時候每個小孩都是這樣的，課業、事業、家庭、玩樂每樣都要兼顧。

在便利商店還沒出現的年代，柑仔店是個大致什麼都有的恆星，住在周邊的人像小行星般跟著繞，有些行星一天會經過好幾次，每顆行星都是獨特的，陪伴他們「繞行」的交通工具也不同，有鐵馬、牛車、鐵牛車、拼裝車、摩托車。做生意是這樣的，很難預料上門光顧的客人，所以從小就見過不少各種類型的人。我算安靜的小孩，但腦子裡卻很熱鬧。我常觀察上門的人，他們的說話、個性、長相——那時我還不知道原來今天畫畫用得上——即便有些人如今已不在世上了。

或許一個產業也像人一樣有生命週期，逐漸的，柑仔店在消失中，也可能因為它在消失才激起懷念。懷念在店裡頭彼此不假思索的自然寒暄，嘴裡叫著嬸婆，阿媽，大伯，卻明明沒有親戚關係。即使忘了帶錢，也可以丟一句「記在牆壁」先拿走物品，管你日結，週結，月結。人情沒斷，時間就不是問題。

當科技越方便於溝通，人與人就越疏離。這幾年我常想要不要到鄉下開家店邊畫圖。不過老實說，我也逃脫不了科技的便利與即時。

所以，先把想做的，用畫的記錄下來吧。

Taiwan Style 42

用九柑仔店 ①守護暖心的所在

Yong-Jiu Grocery Store vol.1

作　　者 / 阮光民

編輯製作 / 台灣館

總 編 輯 / 黃靜宜

主　　編 / 張詩薇

美術設計 / 丘銳致

內頁完稿 / 中原造像股份有限公司

行銷企劃 / 叢昌瑜、沈嘉悅

發 行 人 / 王榮文

出版發行 / 遠流出版事業股份有限公司

地址：104005 台北市中山北路一段 11 號 13 樓

電話：（02）2571-0297

傳真：（02）2571-0197

郵政劃撥：0189456-1

著作權顧問 / 蕭雄淋律師

輸出印刷 / 中原造像股份有限公司

☐ 2016 年 9 月 1 日　初版一刷

☐ 2023 年 3 月 20 日　初版八刷

定價 240 元

Printed in Taiwan 若有缺頁破損，請寄回更換

ISBN 978-957-32-7883-2

YL遠流博識網 http://www.ylib.com E-mail: ylib@ylib.com